Raija
ze śnieżnej krainy
18

Bente Pedersen

Posłaniec śmierci

Z norweskiego przełożyła
Izabela Krepsztul-Załuska

Tytuł oryginału norweskiego:
Dødens sendebud

Ilustracje: Svein Solem

Projekt okładki: Tadeusz Szlaużys
Zdjęcia: CORBIS, www.sxc.hu
Redakcja: Elżbieta Skrzyńska

Copyright © 1990 by Bente Pedersen
Copyright this edition: © 2008 by BAP-PRESS
All Rights Reserved

Wydawca:
Axel Springer Polska Sp. z o.o.
02-672 Warszawa
ul. Domaniewska 52
www.axelspringer.pl

ISBN 978-83-7558-372-4
ISBN 978-83-7558-390-8

oraz

BAP-PRESS
05-420 Józefów
ul. Godebskiego 33
www.bappress.com.pl

ISBN 978-83-7602-092-1
ISBN 978-83-7602-065-5

Informacja o książkach z serii „Raija ze śnieżnej krainy"
Infolinia: 022 358 62 06
Internet: www.kiosk.redakcja.pl

Skład: BAP-PRESS
Druk: Norhaven A/S, Dania

Rozdział 1

Tornedalen, rok 1747

Nadjechali wozem konnym. Mężczyzna i kobieta. Oboje o włosach ciemnych jak noc. Oboje dumnie wyprostowani. Przystojny mężczyzna, urodzony w tym kraju. Kobieta niepodobna do innych. Tu były jej korzenie. Do niedawna nie miało to dla niej większego znaczenia. Teraz wiedziała, że Finlandia jest częścią niej. Ta świadomość dotychczas tylko w niej drzemała. Teraz się zbudziła. Ten kraj stanowił jej przyszłość. Maja wiedziała to z niezachwianą pewnością.

Mila za milą lasów iglastych rozciągniętych na nizinach, jeziora przerywające płaszczyzny zieleni. Każdy mógł mieć tu swoje jezioro.

Jej kraj.

Jej i Heino.

Maja weszła w dumny naród. Uciskany i poniżany przez stulecia. Podporządkowany Szwecji przez sześćset lat pełnych wojen i krwi. Uwikłany w zatargi pomiędzy szwedzkimi panami na zachodzie i Rusią na wschodzie.

Zaczęło się od chrystianizacji, która często bywała przykrywką dążeń politycznych.

Około roku 1150 nadciągnął Eryk Święty. Na obszarach wokół Åbo (obecnie Turku) ochrzcił tamtejszy lud, nawet wbrew jego woli. Pozostawił po sobie szwedzkich osadników i księży. Ta mała kolonia obroniła się przed Karelczykami i Rusinami, a nawet przed próbującymi tam szczęścia Duńczykami.

Sto lat później nadciągnął jarl Birger. Dzięki swej armii rozszerzył panowanie na wschód: Tuurunmaa, Uusimaa i Hame stały się częścią Szwecji.

Szwedzi sięgali wzrokiem jeszcze dalej na wschód. Zaatakowali Karelię. Założyli tam twierdzę Viipuri.

Trzydzieści lat później, w 1323, zawarto pokój, w którym uznano szwedzkie zwierzchnictwo nad Finlandią. Ponad sto lat wielmożowie szwedzcy władali krajem jak swą własnością.

Od 1470 zarządzał nim Sten Sture Starszy. Było to dwadzieścia pięć spokojnych lat zakończonych krwawymi sporami granicznymi z Rusią. Pokój zawarty w Nowogrodzie w 1497 roku potwierdził tylko stare granice. Lata potyczek okupionych śmiercią Szwedów i Rosjan nie przyniosły nikomu zwycięstwa.

Po śmierci Stena Sture Młodszego Szwecja i Finlandia dostały się pod władanie Danii. Finowie wspierali wyzwoleńczą walkę Gustawa Wazy. W 1523 roku Duńczycy zostali zmuszeni do ustąpienia.

Do Finlandii dotarła reformacja.

Po kilkuletnich walkach z Iwanem Groźnym Gustaw I Waza, król Szwecji, włączył całe Suomi do swego królestwa. Chciał zapewnić godne lenno dla syna, Jana.

Były to ciężkie czasy dla fińskiego ludu uciskanego przez wielmożów szwedzkich, prowadzących potyczki z Rusinami.

W roku 1595 zawarto pokój. Granice Finlandii podeszły niemal do Morza Barentsa.

Jej ludność próbowała przeciwstawić się szwedzkiej arystokracji, by stworzyć wolne Suomi dla jego mieszkańców. Finowie wywołali wojnę, nazywaną później wojną drągów i w 1596 roku ponieśli druzgocącą klęskę. Był to rok walki, nadziei i krwi.

W siedemnastym wieku pod władaniem Karola IX, arystokracja fińska straciła swą siłę. Jej przedstawiciele wżeniali się w szwedzkie rodziny, aż zatracili narodową tożsamość. Finlandia miała rodzaj samorządu, ale cała władza spoczywała w szwedzkich rękach. W wojnie trzydziestoletniej Finowie brali udział na równi ze Szwedami. Otrzymali nawet swą część łupu, jednak większa część ludu fińskiego cierpiała, płacąc wysokie podatki i dostarczając mężczyzn do wojska.

Jednak mimo wszystko wiek siedemnasty oznaczał lepsze czasy dla Finlandii. Rządy objął generalny gubernator, ludziom zaczęło się lepiej powodzić. Kres rozwojowi gospodarczemu kraju położyła królowa Krystyna. Sprawiła, że system feudalny objął cały kraj. Bezlitośnie ściągano podatki, co oznaczało upadek dla wielu gospodarstw chłopskich, a Szwedzi zmonopolizowali handel.

W czasach króla Karola X Gustawa znów polała się krew. Uderzyli Rosjanie, pragnąc odzyskać stracone ziemie. Nie powiodło się im, jedynie wielu młodych mężczyzn zbyt wcześnie rozstało się z życiem. Rosjanie nic nie uzyskali.

Pod koniec wieku, pod rządami króla Karola XI, ożywiło się fińskie rolnictwo. Kraj rozkwitał.

Ale nadeszły lata nieurodzaju: 1695, 1696, 1697. Jedna czwarta mieszkańców zmarła z głodu.

Karol XII wciągnął Finlandię w kolejne wojny. Przez dwadzieścia lat trwała Wojna Północna. Nowe podatki. Nowe pobory. Znów rozpacz.

Przez trzy lata Finami władał car Piotr Wielki. W ramach pokoju zawartego w roku 1721 Szwecja musiała oddać Rosji całe okręgi Käkisalmi i Viipuri.

W latach 1741-1743 Szwedzi znów przystąpili do wojny z Rosją i po traktacie pokojowym z Åbo oddali kolejne fińskie ziemie.

Ostatni przedstawiciele fińskiej arystokracji byli niezadowoleni równie jak lud, ale mieli większe niż reszta narodu możliwości wyrażenia swego stanowiska. Caryca Elżbieta w czasie ostatniej wojny wręcz zachęcała Finów do uwolnienia się spod władzy szwedzkiej. Obiecywała im samorządne państwo pod zwierzchnictwem Rosji.

Do takich zmian nie doszło, ale myśl o niepodległości zakiełkowała wśród Finów.

Pod rządami Gustawa III nastąpiły lepsze czasy. Objęto uprawą nowe tereny, regulowano rzeki, rozwijał się system władzy państwowej.

Jednak marzenie nie umierało.

Marzenie o niepodległości. Marzenie o tym, żeby móc być Finami w fińskim państwie rządzonym przez Finów.

Naród fiński dużo wycierpiał. Przez wiele lat był uciskany.

Ale pozostał dumnym narodem.

Nadjechali wozem konnym, gdy skończyła się zima. Syn Petriego Aalto, ten, który był pierwszym studentem. Pierwszym, który miał zdobyć wykształcenie, zostać pastorem.

Heino Aalto. Jedyny, który umiał czytać. Mieszkańcy wioski uważali go za dziwaka. Był jednym z nich, więc nawet się nim szczycili, gdy im tak pasowało. Jednak omijały go codzienne rozmowy o zbożu, pogodzie, dzieciach sąsiada, rybach, polowaniu.

Heino Aalto. Życzyli mu jak najlepiej. A on ich zawiódł. Zawiódł również ich nieśmiałą wiarę, że dzieci biedaków też mogą do czegoś dojść w życiu.

Jako pierwszy powrócił z Norwegii z czymś więcej niż pustymi kieszeniami i straconymi złudzeniami.

Miał ze sobą kobietę. Nie wszystkim się spodobała. Była jednocześnie i ładna, i brzydka. Niektórzy widzieli to, inni owo. Jedni twierdzili, że ona coś w sobie ma. Inni chichotali, że to czarownica, która rzuciła czar na biednego Heino.

Heino nie chciał wywoływać gorączki wśród młodych zapaleńców, jednak nie mógł ukrywać prawdy.

Powiedział, że w Norwegii znalazł złoto.

Musiał przecież wytłumaczyć jakoś bogactwo swoje i Mai. Nie powinni szeptać, że kradł.

Kupił gospodarstwo, jedno z tych, które stały puste już od wielu lat. Nie wszystkim powodziło się dobrze... Doprowadził dom do porządku. Kupił las. Miał ambitne plany. Nie wystarczało mu samo tylko posiadanie pieniędzy.

Maja dostała dom. Dwupiętrowy, z dużą piwnicą. Miał salon z zasłonkami tak cienkimi, że mogła przez nie patrzeć. Miał tyle okien, że mogła wyglądać na wszystkie strony świata. Łoże w sypialni osłaniała brokatowa zasłona, także z konieczności, gdyż w zimie nie mogli palić wystarczająco dużo w piecu.

Maja miała też szafy na suknie. Jednak nie stała się panią, gdyż odmówiła zatrudnienia służby. Sama na kolanach szorowała podłogi w swym domu. Sama gotowała jedzenie, prała i łatała ubrania.

– Nie urodziłam się, aby haftować przy pogawędkach z eleganckimi paniami – powiedziała Heino. – Pozwól mi robić to, co lubię.

Gdy upłynął rok, mogli ten dom nazwać swoim, mimo że oboje urodzeni byli w ubóstwie, w ciemnych, ciasnych pomieszczeniach.

Weszli w bogactwo nagle, ze świadomością, że niekoniecznie może im to posłużyć.

W sąsiednich wsiach wielu chłopców spakowało plecaki i ruszyło do Norwegii. Opowieści o Heino, który gdzieś tam nożem wycinał złoto ze skały, rozniosły się szerokim echem.

Nie tego chciał Heino, ale nie mógł zabronić ludziom snuć marzenia. Sam niewiele się od nich różnił pod tym względem. Rozumiał ich sposób myślenia: skoro jemu się udało, dlaczego nie mieli spróbować sami?

Heino przemawiał do wielu. Mówił, że to nie było łatwe. Że to niemal nadludzkie szczęście sprawiło, iż jemu się powiodło. Że w tym nadmorskim kraju ludzie także harują. Że głodują, że znają smak kory w chlebie.

Uśmiechy słuchających mówiły mu, że nie całkiem mu wierzą. Bogaty człowiek nie mógł przekonać ubogich chłopców.

Nadeszła wiosna. Heino obchodził swoje lasy. Chciał siać zboże na polach jak sąsiedzi. Chciał hodować konie, bo kochał te zwierzęta. Ale to lasy nadawały jego spojrzeniu przenikliwość. To one sprawiały, że snuł plany na przyszłość.

Zanim stopniał śnieg, zatrudnił mężczyzn do wycinki drzew i do transportu drewna nad rzekę. Zawarł umowę z szyprem, który przewiózłby je dalej na południe. Stocznie leżące wzdłuż wybrzeża potrzebowały drewna.

Heino wierzył w to. Wierzył, że to będzie ich przyszłość. Jak długo istnieć będą ludzie i morze, będą powstawać statki. A na ich zbudowanie potrzeba dużo dobrego drewna.

– Las jest naszym bogactwem – obwieścił Heino Mai. – Las, a nie złoto. Las jest naszym zielonym złotem. Da dochód i nam, i wielu innym.

I tak się stało.

Młodzieńcy, którzy nie odważyli się podążyć za szalonym marzeniem o złocie i odejść z domu, mogli zarabiać pieniądze u Heino Aalto. Nie był ani arystokratą, ani Szwedem, ale płacił im za wykonaną pracę. I nie był skąpym pracodawcą.

Nie miał jeszcze trzydziestu lat, a zdołał zrealizować więcej marzeń, niż kiedykolwiek ich miał.

Pracował całymi dniami. Najczęściej w lesie, przy rzece, którą spławiano bale do Zatoki Botnickiej, skąd statek przewoził je dalej na południe. Wybrał się nawet do Tornio. Doglądał wszystkiego sam, chciał wiedzieć o wszystkim od momentu ścięcia drzewa do załadowania go na statek. Równie dobrze mógł chwycić za siekierę i pocić się razem z innymi. Jego ludzie kochali go za to. Nie było w tej krainie nad leniwie płynącą rzeką wielu bogaczy, a Heino nigdy nie zachowywał się jak jeden z nich.

Wesołe błyski w jego ciemnych oczach dostrzegały nawet staruszki.

Matki zastanawiały się usilnie, dlaczego wcześniej nie przewidziały, że ktoś taki wyrośnie z syna Eiji i Petriego Aalto. Teraz było już za późno. Związał się na dobre i złe z tą kobietą z Norwegii.

Maja dużo przebywała sama. Początkowo jej to nie przeszkadzało, miała przecież tyle do roboty w swoim dużym domu. Wiele pokojów do urządzenia według własnych pomysłów. To zabierało czas, wypełniało jej dni. A Heino i tak wracał do domu dopiero na noc, śmiertelnie zmęczony.

Maja chciała móc zetrzeć niepokój z jego oczu. Z trudem jednak udawało jej się wywołać uśmiech męża po tylu tygodniach pracy i troski o ludzi dla niego pracujących.

Nie zainwestował wszystkiego, co mieli. Została rezerwa, którą trzymał gdzieś w piwnicy, w miejscu, które znał tylko on sam. Maja nie chciała o nim wiedzieć.

Gdyby nie udało mu się sprzedać drewna, Heino straciłby sporo, ale nie wszystko. Mimo to pracował tak, jakby poświęcił na kupno lasu wszystkie swoje pieniądze. Rzadko pozwalał sobie na odpoczynek.

Nie zauważał, że Maja czuła się samotna, że więdła. Zwrócił na to uwagę tylko jeden raz.

– Uśmiechasz się równie rzadko, jak zakwita kwiat paproci.

– I tak nie bywasz wtedy w domu – odpowiedziała.

Tego marcowego dnia wrócił o wiele później, wymachując listem. Był napisany po szwedzku, a Maja nie radziła sobie dobrze z tym językiem. Niby podobny do norweskiego, ale jednak w formie pisanej wydawał się wzięty z innego świata.

Najważniejszy człowiek w fińskiej części Tornedalen mieszkał w Tornio. Heino powiedział, że ten list jest od niego.

– Arystokracja boi się konkurencji! Boją się, że człowiek o spracowanych rękach może odebrać im część tego wielkiego tortu, którym dzielą się między sobą, rzucając okruchy fińskiemu ludowi.

– Czego od ciebie chce? – spytała Maja, zmęczona.

Całe popołudnie jej skronie uciskał ból nie do zniesienia, miała wrażenie, że coś zaraz eksploduje w jej głowie. Teraz słyszała głos Heino jakby z oddali. Mówił szybko i gwałtownie jak zwykle, gdy rozmawiał o polityce. To jedno z nowych słów, których musiała się nauczyć. Było jej równie obce jak myśl, że mogą zostać zamieszani w walki między możnymi tego świata.

— Chce ze mną rozmawiać! — odparł Heino. — Ze mną! Nawet nie wiem, jaki on nosi tytuł. Słyszałem o jego domu, Maju. Pewnie sądzisz, że nasz dom jest ładny? To nic w porównaniu z jego domem! I on chce, żebym do niego przyjechał. Chce rozmawiać ze mną o interesach. Czyżby przestraszył się, że Heino Aalto założył swój mały handel? Pewnie nie wie, że zaprosił do swego pałacu syna dzierżawcy i rybaka. Bo on mieszka w pałacu, Maju!

— No to jedź — rzuciła zmęczona i zirytowana.

— On nie ma na nic wyłączności — mówił dalej Heino tak podniecony, że nie mógł usiedzieć w miejscu. Chodził nerwowo pomiędzy meblami, z których był dotychczas tak dumny. Teraz wydawały mu się zbyt toporne. Łatwo mógł sobie wyobrazić, jak mieszkają wielcy panowie, choć nigdy tego sam nie widział. Różnica była na pewno ogromna. — Szwedzi i arystokraci nie mają monopolu na cały handel. Zresztą to już wychodzi na jedno. W całej Finlandii nie pozostał już żaden fiński ród szlachecki. Wszystkie mają domieszkę szwedzkiej krwi. — Wciągnął powietrze. — Można by sądzić, że wystarczy pracować uczciwie, płacić cholerne podatki, dostarczać drewno na te ich przeklęte statki, by wszystko poszło dobrze. Ale nie, oni muszą i temu przeszkodzić!

— Przecież jeszcze z nimi nie rozmawiałeś, Heino — stwierdziła Maja spokojnie. — Wcale nie wiesz, o co w tym wszystkim chodzi...

Wpatrzył się w nią dzikim wzrokiem. Jego ciemne włosy, zmierzwione, sterczały na wszystkie strony i nie przypominały jego zwykłej, gładkiej fryzury.

– Nigdy bym nie przypuszczał, że staniesz po stronie możnych, Maju!

Stała przed nim w swej codziennej sukni. Heino wiedział, że materiał jest dobrej jakości, bo sam go kupował. Suknia była prosta, ale w jej osadzie przy fiordzie uchodziłaby za suknię niedzielną. Ciemne włosy Maja zebrała w węzeł na karku. W świetle lampy jej brązowe oczy wydawały się niemal żółte, a miodowe otoczki źrenic stały się jeszcze wyraźniejsze.

Pomimo zmęczenia malującego się na twarzy Maja nadal wyglądała zniewalająco.

Założyła ręce pod biustem i zwróciła się do niego:

– Nie staję po niczyjej stronie w tej sprawie, Heino Aalto, wiesz o tym dobrze. Nie mieszam się do twoich interesów. Chodzi mi tylko o to, żebyś nie był tak cholernie zarozumiały. Jesteś jak tokujący cietrzew, wstrząsasz piórami i patrzysz w niebo. I zawsze masz rację, nawet zanim się dowiesz, o co chodzi. A już na pewno nie wmawiaj mi, że staję po stronie możnych!

On jak cietrzew?

Wyobraził to sobie i nie mógł się nie roześmiać. Schwycił Maję w ramiona i jak zawsze napełnił go przy tym cudowny spokój. Po prostu czuł się wtedy jak w domu, choć nigdy nie powiedziałby tego głośno. Nie dlatego, że bałby się, iż Maja wykorzysta kiedyś jego słowa przeciwko niemu. Ona nie była taka. Jednak wszystkiego nie był w stanie jej powiedzieć.

Przesunął ustami wzdłuż jej skroni. Poczuł nadmierne ciepło. Przyłożył dłoń do czoła żony i zaniepokojony zajrzał jej w oczy.

- Masz gorączkę, kochanie. Jesteś chora?

Maja potrząsnęła głową.

- Jestem tylko zmęczona...

Ostatnio często bywała zmęczona. Wzbudzała tym jego nadzieję, że to może to, o czym mówili dawno temu. Pamiętał, jak zawarli niegdyś umowę - że ożeni się z nią, jeśli zajdzie z nim w ciążę.

Wtedy powiedział to niemal żartem, ale teraz, gdy już zostali małżeństwem, naprawdę pragnął dziecka. Nie mówił Mai o tym, bo wówczas comiesięczne rozczarowanie byłoby jeszcze większe. A kochał ją nadal pomimo to. Kochał ją tak, że aż bolało go w piersiach, gdy zbyt długo jej nie widział. A działo się tak aż nazbyt często. Mówił, że poświęca się dla niej. Chciał ofiarować jej wszystko i stać się kimś. Chciał, żeby pamiętano go nie tylko jako syna dzierżawcy, który miał szansę się wybić jako pastor.

- Powinnaś się położyć - wyszeptał, biorąc ją na ręce. Pozwalała mu na to, mimo że czuła wewnętrzny sprzeciw. Heino gotów był przenieść ją na rękach przez życie, a Maja chciała być samodzielna. Jednak potrafili dojść do porozumienia: co wieczór zanosił ją po schodach do sypialni.

- Nie musiałaś czekać na mnie do tak późna - powiedział cicho, z czułością w głosie.

- Nie czekałam - odparła zgodnie z prawdą. - Czas sam mi zleciał.

- A co robiłaś?

- Siedziałam.

Heino nie rozumiał jej i wiedział, że nigdy nie zrozumie, nawet gdyby mieli żyć razem i sto lat.

W ich sypialni panował chłód. Maja czekała z dołożeniem drewna na powrót Heino. Trudno było uwolnić się jej od wpojonej oszczędności. Nie zużyła niczego, nie zastanowiwszy się, czy to przypadkiem nie resztka.

Heino postawił żonę na ziemi, nie wypuszczając z objęć. Jedną ręką rozplątał węzeł jej włosów i rozczesał je palcami. Ich zapach zawsze go oszałamiał. Jej zapach.

– Mario Aalto – wyszeptał z ustami przy jej policzku – chyba naprawdę cię kocham.

Usta przesunął na jej usta. Pocałunek wywołał uśmiech Mai.

– Ciągle jesteś chłopcem, Heino!

W jej głosie słychać było oddanie. Ale i teraz nie była w stanie powiedzieć, że go kocha. Słowa te wydawały się jej zbyt wielkie, wypełniały jej usta tak, że nie mogła poruszyć językiem, wręcz ją dławiły.

Rozpinał jej suknię. Szczególny uśmiech Heino bardziej niż słowa przekonywał Maję, że jej pożąda.

Zadrżała lekko. Nie była to pora roku odpowiednia na miłosne igraszki na podłodze. Zrzuciła pantofle i pociągnęła męża za rękę w stronę łoża. Wsunęli się poprzez niewielką szparę w zasłonie, zaciągając ją szybko. Wskoczyli pod puchową kołdrę, ulegając złudzeniu, że w tym ich ciemnym zakamarku już zrobiło się cieplej. Heino ściągnął z siebie ubranie. Nagi drżał pod kołdrą, mimo że wewnątrz aż płonął. Jego dłonie powędrowały stałymi ścieżkami, napotykając znane już części bielizny, haftki i koronki. Lubił czuć je pod palcami, lubił wiedzieć, że jego Maja nosi takie luksusy. Śmiejąc się, pomagała mu. Unosiła się tak, aby mógł uwolnić ją od kolejnego ciuszka, rozwiązywała tasiemki, gdy jego mocne palce traciły delikatność.

Była ciepła i miękka i miała własną wolę, własne życzenia i marzenia dotyczące jego ciała. Heino nigdy nie wiedział, jak się to dalej potoczy. Zaskakiwała go. Był na tyle mężczyzną, że go to cieszyło. Wolał być z prawdziwą kobietą niż z lalką.

Zimno panujące w sypialni powstrzymało ich przed bardziej fantazyjną grą. Ich ciała tęskniły za sobą. Obejmowali się tak ciasno, że sam dotyk stawał się jedną wielką pieszczotą. Ramiona i nogi ocierały się leniwie o siebie, usta napotykały usta.

Samo muśnięcie opuszkami palców działało podniecająco, leciutki pocałunek mógł rozpalić ogień. Zapach ciała, jego ciepło dawały żar, który długo nie wygasał.

Kochali się powoli, rozkoszowali się wzajemną bliskością i tym, że oboje dawali i brali. Dobrze im było w swoich objęciach.

Ucisk na skroniach Mai minął. Obejmowały ją silne ramiona Heino, głowę miała wspartą o jego pierś. Skóra nadal była gorąca.

– Kocham cię – powtórzył. Po fińsku brzmiało to jeszcze lepiej: – *Minä rakastan sinua*.

Język Heino. W końcu będzie i jej językiem. Ale te słowa nadal były niemożliwe do wymówienia.

Maja nie była pewna, czy zasłużyła na tego mężczyznę. Czy zasłużyła na tak oszałamiającą, graniczącą z uwielbieniem miłość. Mimo spędzanych samotnie godzin, mimo dokuczliwego osamotnienia wiedziała, że wszystko robił z miłości do niej. To miłość nadawała sens jego życiu. Jednak Maja nie mogła powiedzieć mu tych słów.

Westchnęła tylko, przepełniona wspomnieniem niedawnej rozkoszy.

Nagle już nie ucisk, ale ostry ból przeszył jej głowę. Bezwiednie wbiła paznokcie w pierś Heino, siadając gwałtownie i wpatrując się w ciemność.

- Co się stało, Maju?!

Heino potrząsnął nią lekko, ale nie zareagowała. Objął ją i przytulił mocno, obawiając się tego, czego nigdy nie potrafił zrozumieć ani się z tym pogodzić.

Była napięta niczym struna, ale oddychała spokojnie. Może zbyt spokojnie? Żeby to tylko nie było to przerażające zimno!

Nie wiedział już, jak długo tak siedzieli. Wystarczająco długo, żeby zacząć marznąć. Zasłonie wokół łoża nie udawało się odgonić mrozu.

Zaczęła mówić głosem pozbawionym wszelkich uczuć:

- Oni toną, Heino. Ida. Ailo. Reijo. Knut. Oni toną. Nie powinnam była dać Idzie broszy. Nie tak miało być. Ida nie była przeznaczona Ailo. Nie tak miało być.

Zadrżała. Zaczęła płakać, wsparta o ramię męża. Ocierała oczy, nie mogąc powstrzymać łez. Objęła go ciasno za szyję.

- Skąd ja to wiem, Heino? Dlaczego mam takie wizje? Nie chcę tego! Nie chcę! Ale one same do mnie przychodzą!

Przytulał ją, głaskał po włosach, przemawiał czule. Był równie zrozpaczony jak Maja. Żadne z nich nie mogło zrozumieć, co się z nią działo. Nie mogło uwolnić jej od tego nieznanego. Jakże by chciał przejąć to od niej! Jednak to stanowiło część jej własnego życia, część jej samej, jak słuch czy wzrok. Był to zmysł wykraczający poza granice zjawisk zrozumiałych, aż przerażający w swej mocy.

Przekleństwo Mai i jego.

Znów zaczęła mówić o broszy:

- Nie powinnam była dać jej Idzie, nie powinnam. Tego nie wolno łączyć. Została dana z miłości, podzielona z miłości...

- Nic nie zdarzy się Idzie tylko dlatego, że dałaś jej broszę - odparł spokojnie. Pociągnął Maję za sobą pod kołdrę, okrywając dokładnie. - Śpij teraz, ukochana. Już minęło. Przecież nic się im nie stało, prawda?

Pokręciła głową.

Gdyby coś takiego wydarzyło się komuś innemu, Heino uśmiałby się zdrowo. Ponieważ mówiła to Maja, przyjmował serio jej słowa o tym, co działo się setki mil od nich. O czymś, o czym nie mogła wiedzieć! Wierzył jej jednak, czuł, że wiedziała więcej niż inni. To dotyczyło Ailo, a z nim łączyły ją więzy ściślejsze niż tylko więzy krwi.

Objął Maję mocniej i poczuł, jak jej ciało odpręża się i zaczyna ciążyć. Zasnęła! Zamknął oczy i zaczął prosić Boga, któremu zawierzył tyle lat temu, żeby oszczędził Mai takich przeżyć. Była tylko słabą kobietą, która nie powinna aż tak cierpieć.

Rozdział 2

Heino pojechał do Tornio.

Pałac wielmoży go przytłoczył.

Marcus Runefelt był spokrewniony z niemiecką, szwedzką oraz fińską arystokracją. Jego matka była Finką, więc uważał, że mieszka w swojej ojczyźnie oraz że jej służy.

Był ważnym człowiekiem, dobrze wykształconym w Niemczech. Mówił płynnie kilkoma językami i znakomicie prowadził interesy. Do tej pory miał niepisaną wyłączność na handel drewnem w północnej Finlandii, a raczej, jak wolał mówić, w fińskiej części Västerbotten. Był lojalnym poddanym króla, jego rodzina była dobrze widziana na dworze, mimo że pochodziła z rubieży szwedzkiego królestwa.

Mało go obchodziło, czym handlowali pomiędzy sobą chłopi i co przesyłali drobnym kupcom. Sprawował kontrolę nad tą częścią kraju, władał nią niczym książę. Zawsze wiedział, kto z kim handluje, jakie ustalili ceny i od czego zaczynali.

Póki nie pojawił się ten łobuz spod Ylitornio. Nie wiadomo, jak to zrobił, ale otrzymał zezwolenie na handel drewnem. Wykupywał małe kawałki lasu, a potem połączył je w duży obszar. To zaniepokoiło Marcusa Runefelta. Nie mówiąc o tym, że ten człowiek na własną rękę spławił drewno do Zatoki Botnickiej. I że udało mu się znaleźć na nie kupca, właściciela stoczni.

A to było dotychczas domeną Runefelta, jego monopolem.

Zaniepokoiło go to poważnie. Jego imperium obejmowało dużo więcej niż tylko las, ale las był niewątpliwie ważną jego częścią. Runefelt nie lubił konkurencji. Wręcz jej nie cierpiał. Całe życie trwał w przekonaniu, że jest ponad wszystkim, a teraz jakiś chłystek z biedoty zagraża jego imperium! Najgorzej, że nie wiedział, jakim cudem tamten tego dokonał.

Wszystko, co miał i o co walczył Marcus Runefelt, miało przejść na jego syna. Chłopak studiował jeszcze we Francji. Ojciec był z niego dumny. Niedługo William skończy dwadzieścia pięć lat. Żaden biedak nie zabierze tego, co się mu należy!

Heino wiedział, jak to jest być biednym. Wiedział też, jak to jest być bogatym. Ale nie był w stanie pojąć, jak można było być tak niewiarygodnie bogatym i mieć przy tym taką władzę, jaką miał Runefelt.

Urzędnik króla. Kupiec. Wielmoża. Obyty w świecie polityk.

Runefelt był tym wszystkim naraz.

Heino czuł się mały, siedząc w miękkim fotelu w biurze tego człowieka i sącząc sherry z kryształowego kieliszka. To był zupełnie inny świat, choć tak niedaleko jego własnego domu. Już teraz nie wiedział, jakimi słowami opisze to wszystko Mai.

– Przypuszczam, że jesteśmy konkurentami, panie Aalto – rzekł Marcus Runefelt.

– Działam na tak małą skalę, że chyba nie mogę stanowić dla pana konkurencji – odparł Heino. Czuł do siebie obrzydzenie za to podlizywanie się Runefeltowi. Maja by go potępiła. Sam nie wiedział, dlaczego tak robi.

– Zajmujesz się drewnem?

Heino od razu zwrócił uwagę, że Runefelt mówi mu na „ty". Był to znak, że nie zalicza go do równych sobie.

Rozmawiali o lesie, pracy. Runefelt usiłował wyciągnąć od niego, ile płaci drwalom, a ile żąda za drewno. Ciekaw był także, skąd Heino wziął pierwsze pieniądze.

– Uśmiech losu – odrzekł Heino. – Bogaty ożenek w Norwegii.

Runefelt słyszał zupełnie inne pogłoski na ten temat, ale je przemilczał.

Trzymali się na dystans, mierząc się nawzajem wzrokiem. Od razu uznali się za przeciwników, którzy nigdy się nie pojednają. Obaj byli urodzonymi przywódcami. U jednego zdecydowało o tym pochodzenie, u drugiego charakter.

– Nie chciałbyś tego sprzedać? – spytał niby od niechcenia Runefelt, obracając kieliszek w palcach. Jak na sześćdziesięciolatka trzymał się świetnie. Włosy miał siwe, ale wiek nie dokonał innych spustoszeń w jego ciele. Promieniował witalnością.

Heino powoli potrząsnął głową. Wysączył resztę alkoholu z kieliszka, nie spuszczając wzroku z przeciwnika. Marcus Runefelt wymienił sumę, która czterokrotnie przewyższała tę, którą zapłacił za las. Heino wiedziałby, co zrobić z tymi pieniędzmi. Odstawił jednak kieliszek, podniósł się i powiedział:

– Jeżeli to wszystko, o czym chciał pan ze mną rozmawiać, nie warto już marnować pańskiego czasu. Lasu nie sprzedam.

Wbrew swej woli Runefelt podziwiał upór, dumę i wiarę w siebie tego człowieka. Nie wstał, dając mu odczuć swą wyższość.

– Ufam, że znajdziesz drogę – rzekł. Nie raczył zadzwonić po służącego, podkreślając jeszcze mocniej dzielącą ich przepaść. – Cena się nie zmieni, Aalto, nawet gdybyś długo czekał. Pozostanie taka, jaką wymieniłem.

Heino potrząsnął głową.

– Z całym szacunkiem dla pana, nie sprzedam mojego lasu. Ani panu, ani nikomu.

– Mam nadzieję, że los nie sprawi, że spotkamy się jako nieprzyjaciele – rzucił Runefelt. – Mnie by się to nie spodobało. Ani tobie.

Heino skinął głową na pożegnanie. Czoło mu się spociło i miał tylko nadzieję, że tamten tego nie zauważył.

W drodze powrotnej mijał galerię portretów męskich przedstawicieli rodu. Ostatni w szeregu wisiał portret młodego mężczyzny o wyrazistych rysach twarzy. Bez wątpienia syn Marcusa.

Następca tronu, pomyślał Heino gorzko. Ten chłopak nie musi martwić się o przyszłość. Dostanie wszystko za darmo. W czepku urodzony!

Heino zapamiętał każdy szczegół twarzy młodego Runefelta. Poznałby go na pewno, gdyby kiedyś go spotkał. To się chyba nigdy nie zdarzy, ale i tak nie chciałby stać przed nim z czapką w dłoniach.

Nie przypuszczał tylko, że w przyszłości znienawidzi tego człowieka z ważniejszych powodów niż ten, że jest synem swego ojca...

– Chyba go nie lubię – rzekła Maja zamyślona, gdy Heino opowiedział jej o wizycie. – Wiedziałabym na pewno, gdybym go zobaczyła. Ale oni chyba już tacy są, ci którzy mają władzę. Lubią ją okazywać. No i trzymać ze wszystkich sił to, co zdobyli.

– Wszyscy tacy jesteśmy – przyznał Heino. – Ja też nie oddam mego lasu. Ani gospodarstwa. To moje. Nasze. Przejdzie na nasze dzieci.

– O ile wszystkiego nie zabierze szwedzki król – uśmiechnęła się Maja smutno. – Albo rosyjski car.

– Po moim trupie!

Heino nadal dużo przebywał poza domem, weszło już mu to w krew. Dni płynęły. Nastała wiosna. Śniegi topniały, a rzeka wyrywała się z okowów lodu. Pączki zamieniały się w listki. Mężczyźni wracali z lasu w ubraniach ciężkich od wilgoci.

Maja zaczęła tkać. Umiała tkać zarówno na dużych krosnach, jak i małych, lapońskich, które przywiozła z Norwegii. W jednym z pokoi w ich nowym domu zachowały się krosna. Przez dwa dni, kiedy nie znalazła sobie innego zajęcia, naciągnęła osnowę. Od niechcenia zaczęła tkać chodnik z podartych na pasy, spranych zasłon i pościeli, które znalazła w domu. Nic nie była w stanie wyrzucić.

Maja odkryła, że lubi to zajęcie. Przestała tkać prosty chodnik. Zapragnęła stworzyć coś pięknego. W osnowę zaczęła wplatać gałganki o różnej grubości i kolorach. Przed oczyma miała najrozmaitsze obrazy. Może w lecie ufarbuje wełnę?

Heino uśmiechnął się, gdy mu o tym opowiedziała. Potargał jej włosy, jak miał w zwyczaju. Maja widziała, że był zmęczony. Zbyt zmęczony. Nie chciał jej słuchać, mówił, że nie ma czasu na odpoczynek.

Teraz czekał niecierpliwie na pierwsze spławianie drewna rzeką.

Dotychczas jego pracownicy przewozili drewno po rzece skutej lodem saniami zaprzężonymi w konie. Taki transport wymagał dużego wysiłku, był czasochłonny i drogi. Wieloma zaprzęgami przewożono zbyt mało drewna. Teraz wszystko drewno, które czekało ścięte, kiedy lód był niepewny, miało zostać załadowane na tratwy i spławione do Zatoki Botnickiej.

Był to początek przygody, uważał Heino. Potem wszystko pójdzie jak z płatka. Dopiero teraz pan Marcus Runefelt powinien targać swe siwe włosy. Dopiero teraz Heino zamierzał przysporzyć zmartwień temu człowiekowi, który uważał, że ma wyłączność na handel drewnem na wschodzie Västerbotten.

– Nie musisz z nimi płynąć – uważała Maja. Nie chciała spędzać bez męża nocy w pustej i zimnej sypialni. Wtedy wychodziły z ukrycia wszystkie zmory przeszłości. Tylko kiedy mocno przytuliła się do Heino, znikały.

– To jest bardzo ważne – bronił się Heino. Maja nie powinna sądzić, że on traktuje to wyłącznie jako przygodę. Oczywiście, to też, ale miał również poważniejsze powody. – Ludzie, którzy dla mnie pracują, wiedzą, że jestem jednym z nich. Widzieli, że harowałem z nimi całe dnie w lesie, tak samo się pocąc. Jeździłem z nimi do wsi z ładunkiem. Jeździłem razem do Pohjanlahti. Muszę popłynąć na pierwszy spław. Jest to równie istotne, jak udział we wszystkich poprzednich pracach. Oni mnie znają. Ja znam ich. Wiedzą, że doceniam ich pracę, bo ja sam wiem, jak ciężki jest każdy jej etap. Chyba widzisz w tym sens, Maju?

Pokiwała głową, obejmując go w pasie.

– Gdyby tylko wszyscy mężczyźni na tym świecie byli tacy jak ty, Heino Aalto! W każdym razie ci, którzy mają władzę. Wtedy wszystkim byłoby dobrze żyć, także tym, którzy nie mają zbyt wiele.

Jego ramiona objęły ją.

– A co tam u ciebie? – spytał łagodnie. – Czy mogę zacząć cieszyć się na następcę mojego małego królestwa?

– Niestety nie – odparła smutno. Głównie z jego powodu. Jej samej już to tak nie bolało. Tyle razy się zawiodła. Wypłakała tyle łez za każdym krwawieniem, że niemal pogodziła się z tym. Oczywiście, nadal była nadzieja, ale słabła z każdym miesiącem. Nawet przyzwyczajała się już do myśli, że stała się bezpłodna. Że nie będzie mogła mieć dzieci z jakiegoś powodu. A Bóg jeden wie, że wiele rzeczy się zdarzyło, które mogły się do tego przyczynić...

Ale nie mogła tego powiedzieć Heino. Nie mogła go tak całkowicie zawieść.

– Zawsze można popracować nad sprawą – wyszeptała mu do ucha. Musiała stanąć na palcach, aby dosięgnąć. Dobrze napaliła w sypialni. Było tak ciepło, że nie musieli zaciągać zasłon. Tak ciepło, że mogli miło spędzić czas na skórach przed kominkiem. – Czy to nie ty, mój drogi Heino, lubisz pracować przez cały dzień?

– Jeżeli chodzi o ten rodzaj pracy, to tak – wyszeptał gorąco prosto w jej usta.

Już ją trzymał na rękach. Wbiegł po krętych schodach na górę, kopniakiem otworzył przymknięte drzwi do sypialni. Zauważył jej przygotowania.

– Czyżbyś to zaplanowała? – spytał poruszony.

Maja skinęła głową z szelmowskim błyskiem w oku.

– Uważam, że nie można ciągle tylko harować.

– No i?

– Dużo czasu upłynęło od ostatniego razu.

– No i?

– Tyle mówisz o tym następcy...

Okręcił ją wokół siebie, aż obojgu zawirowało w głowach. Śmiali się.

- Jeszcze! - żądał. - Jeszcze!

Oszołomieni padli na łoże.

- Tak często jestem sama - wyznała z nagłym smutkiem. - Marznę wtedy, Heino. Nie jestem stworzona do samotności. Potrzebuję mężczyzny, czułości. Potrzebuję ciebie.

- No i? - domagał się, całując jej blizny. Całował usta, pragnąc wyczarować te słowa, na które czekał od momentu, gdy ją ujrzał w półmroku izby Reijo.

- Bo przypuszczam, że czuję do ciebie coś pięknego i ważnego - wyznała ostrożnie. - Bo sądzę, że to miłość...

Spojrzał na nią z niedowierzaniem. Wstrzymał oddech, wpatrując się w nią i pragnąc wybadać, czy czasem nie kłamie, czy nie udaje dla niego. Ale ujrzał szczerość w jej spojrzeniu.

Czy wreszcie mu to wyzna? To, na co zawsze czekał, powoli tracąc nadzieję?

Maja objęła wzrokiem całą twarz męża. Spojrzała prosto w jego ciemne oczy pod gęstymi brwiami. Był taki ładny, gdy się uśmiechał. Chciała, żeby uśmiechnął się i teraz, tylko do niej.

- Heino, właśnie tak czuję. I to jest coś prawdziwego. Czuję, że to prawda: kocham cię.

Więcej nie zdołała powiedzieć, gdyż jego usta zakryły jej i wycałowały resztę słów. Niczego więcej nie pragnął usłyszeć. Jeszcze nie teraz. Jego serce i tak omal nie pękało ze szczęścia. Czuł się spełniony. Miał ją całą. Była jego kobietą.

- Nigdy nie pożałujesz, że weszłaś w moje życie - obiecał. Zapamięta te słowa. Ale tego nie mógł wiedzieć teraz.

Powoli rozbierali się nawzajem. Pieścili się bez pośpiechu. Kochali powoli. Spokojnie, przepełnieni uczuciem, którego wcześniej nie zaznali.

Rozmawiali ze sobą, objęci. Znów się kochali, jeszcze spokojniej. Mając czas na sycenie się każdą sekundą aktu. Potem zapadła cisza.

Ogień na kominku wypalił się. Także i ich najdziksze płomienie się nasyciły. Ale nadal czuli w sobie żar, który nigdy nie wygaśnie.

Heino ucałował spotniałe czoło Mai. Ona wtuliła usta w jego ramię, na którym spoczywała jej głowa. Heino poczuł, że mu drętwieje ręka, ale za nic nie chciał jej przesunąć.

– Jestem szczęśliwy – wyszeptał. – Po prostu uczyniłaś mnie najszczęśliwszym człowiekiem w całym Tornedalen.

Odpowiedziała uśmiechem.

Heino zdmuchnął lampę. Poczekał, aż Maja zaśnie. Uwielbiał słuchać jej sennych pomruków.

Dopiero przed świtem sen go zmorzył.

Obudził się jednak wcześniej niż zwykle, jeszcze zanim musiał się ubrać i coś zjeść.

Wspaniale było tak leżeć i patrzeć na nią w słabym świetle poranka. Zasłony były jasnożółte, prawie białe. Kremowożółte, powiedziała. Nie miał pojęcia, skąd wzięła takie słowo. W każdym razie pozwalały na przenikanie światła dnia.

Heino doceniał to. Nie musiał mieć zegara, który wbijałby mu się w uszy swymi uderzeniami co pół i co godzina.

Maja też nie chciała mieć zegara w salonie. Nie miała zamiaru żyć według jakiejś tarczy, twierdziła stanowczo. Najlepszy zegar, jaki znała, był na niebie. Nawet mimo chmur wiedziała, kiedy ma wstać, a kiedy się położyć. No i kiedy jest głodna.

– Nie śpisz? – uśmiechnęła się do niego promiennie.

Była przymilna i miękka jak kot. Ramiona oplotły jego kark, a na ustach błąkał się nieznany mu jeszcze uśmiech.
- Doprawdy chyba nadal cię kocham - wyznała.

Pocałunek spiął ich nagie ciała. Od razu odnalazły się, splotły i w szaleńczym rytmie zaspokajały się nawzajem.

Heinowi nie pozostało po tym zbyt dużo czasu. Maja nigdy jeszcze nie widziała, żeby tak szybko się ubrał.

- Nie muszę nic jeść - zapewnił. - Jeszcze nigdy nie byłem tak syty.

Jadł pocałunki i sycił się uściskami. Zmusił ją, żeby nie wstawała.

- Chyba uda nam się wyruszyć w ciągu dnia - stwierdził.

- Prześlesz mi wiadomość? - Maja nie lubiła czekać w niepewności.

- Oczywiście - odparł. - Wyślę kogoś, gdy odbijemy od brzegu. Szkoda, że nie płyniesz z nami, ale chłopy nie chcą żadnej kobiety na pokładzie. Nie na tak ważnej wyprawie.

Maja wykrzywiła się w grymasie.

- Dobrze, że nie ma tu Idy. Urwałaby ci głowę.

- Tęsknisz za nimi, prawda? - Heino spojrzał jej w oczy.

Pokiwała głową.

- Tu jest moje życie - wyznała cicho. - Ale oni są moją rodziną. Pewnie, że za nimi tęsknię.

- Obiecuję ci - rzekł Heino - że gdy interesy zaczną się toczyć same, zabiorę cię tam. Spotkasz się z rodziną. Chyba nie będzie to już dla nas niebezpieczne?

- Nie - odparła Maja stanowczo. - To już minęło. Wyjazd mi pomógł.

- To dobrze - odetchnął Heino. - No, muszę iść. Pryncypał nie może się spóźnić.

Maja zdmuchnęła pocałunek z dłoni w kierunku Heino. Poszedł. Jej Heino.

Dużo czasu zajęło jej zrozumienie, że tak właśnie jest. Ale tym bardziej czuła wagę tego faktu. Tym bardziej było to doskonałe. I od razu, nawet słysząc jego kroki na schodach, zaczęła za nim tęsknić. Zaczęła tęsknić do jego powrotu do domu. Dzień już zaczął się jej dłużyć.

Przed południem nadbiegł chłopak. Zdyszany opowiedział Mai, że Heino popłynął w dół rzeki. Pięć łodzi, mówił, pokazując rękami, jak głęboko były zanurzone, ile bali na nich spoczywało, ilu ludzi płynęło i kto to był. Maja znała niektóre imiona, a nawet mogła sobie przypomnieć twarze.

A więc Heino dziś nie wróci. Czeka ją długa, samotna noc.

Spróbowała tkać, ale w ręce wpadały jej wyłącznie kłębki o ciemnych kolorach. Tkała rząd za rzędem granatowy, ciemnozielony i brązowy. Nie podobało jej się to.

Wstała od krosien. Odeszła. Czuła, że nie ma nad nimi władzy. Kierowała nią jakaś obca siła.

Zaczęła się niepokoić.

Niepokój rósł. Gdy zapadł zmierzch, ubrała się i poszła do wioski.

Był sam początek maja.

Nad rzeką zgromadzili się ludzie. Maja wiedziała, że tak nie powinno być, większość z nich o tej porze miała co robić w domu. Dojono krowy, była pora kocenia się owiec. Ludzie kładli się wcześnie, aby oszczędzać światło i zbierać siły na następny dzień.

Niektórzy ją rozpoznali. Rozstąpili się przed nią, pozwalając dojść do środka zgromadzenia. Maja nie pamiętała, kto jej to powiedział, ale zapamiętała słowa:

– Łódź Heino się wywróciła. Na nią poszły następne trzy. Nikt nie wie, dlaczego się przechyliła. Może była nierówno załadowana. Rzeka tam płynie spokojnie, ona nie zawiniła.

– Heino? – spytała Maja, ledwo poruszając bladymi wargami.

Mężczyzna potrząsnął głową.

– Nie wiadomo. Kilku z nas wzięło konie i sanie i pojechało tam. Musimy ich przywieźć do domu, żywych czy umarłych.

Maja pokiwała głową. Powinna była wziąć sanie. Musi tam pojechać, zrobić coś pożytecznego.

Dlaczego tym razem zawiodło ją przeczucie? Właśnie teraz, gdy mogła uratować swego męża? Mogła go zatrzymać, sprawić, żeby nie pojechał. Ale nic nie czuła, nic, dopóki nie było już za późno.

Dlaczego nic nie czuła?

– Powinnaś pójść do domu – stwierdził mężczyzna. – Stanie tutaj nic nie pomoże. Tylko marzniesz, możesz zachorować.

Maja potrząsnęła głową. Spojrzała na rozmówcę niewidzącym wzrokiem.

– Muszę tam pojechać – powiedziała. – Tam, gdzie ich wnoszą na ląd.

– On mógł zginąć!

Maja skinęła głową. Była na to przygotowana.

– Przecież nie możemy zawieźć tam wszystkich kobiet!

– Jestem żoną Heino – stwierdziła Maja nieoczekiwanie twardo. – Potrafię zatrzymać krwotok. Uśmierzyć ból.

Spojrzał na nią z powątpiewaniem.
- Gdzie taka mała kobieta mogła się tego nauczyć?
- Muszę tam pojechać.
Tym razem usłyszał ją ktoś z tłumu.
- Ja cię zawiozę. W końcu jesteś żoną pryncypała.

Maja wdrapała się na sanie. Była zbyt cienko ubrana na jazdę w wieczornym wietrze. Ale nie marzła. Czuła w sobie żar. Nic nie wiedziała o Heino, ale czuła, że będzie potrzebował pomocy.

Maja zwróciła się do jedynej osoby, z którą miała kontakt. Do jej najbliższej, która zrozumie jej prośbę.

Wszystko w niej wzywało Ailo. Wywoływała go, błagała o pomoc, o przyjazd. Wierzyła, że więź pomiędzy nimi nadal istnieje i że przekaże jej wołanie. Że Ailo je zrozumie.

Gdy dotarli na miejsce, było już prawie ciemno. Oszczędziło to Mai widoku ogromu zniszczeń. Widziała tylko zarysy stosu belek na rozdeptanym brzegu rzeki. Ciała leżące na brzegu. Ludzi. Sanie.

Mężczyzna, z którym przyjechała, poszedł się rozpytać. Wrócił, przynosząc pewną nadzieję.
- Heino Aalto żył jeszcze godzinę temu. Zawieźli go do domu we wsi. Dostał się między dwie belki. Ale nie jest ciężko ranny, powiedzieli mi. Mam cię tam zabrać?

Potrząsnęła głową.
- Jaka jest sytuacja?
- Straszna - odpowiedział jej stojący obok mężczyzna. - Nigdy nie widziałem tyle krwi. Te przeklęte belki niektórych rozgniotły na miazgę...

Głos go zawiódł.

Maja zaczęła podwijać rękawy.

- To im jestem potrzebna - oznajmiła stanowczo. - Oni mnie potrzebują. Zabierz mnie do umierających.

Mężczyzna zawahał się, ale zrobił, co kazała.

Rozdział 3

Było ich dwudziestu. Ośmiu ocalało, gdyż płynęli dwiema ostatnimi łodziami. Byli w stanie wyhamować i ominąć miejsce katastrofy. Uwijali się teraz przy wyławianiu towarzyszy. Trzech zginęło na miejscu, zmiażdżonych. Pięciu walczyło o życie. Czterech lżej rannych przeżyło. Umieszczono ich w domach, gdzie otrzymali pomoc.

Wieczór był chłodny.

Maja weszła pomiędzy umierających.

Wniesiono ich na sanie, jakby już nie żyli. Sanie zaciągnęli do stodoły i na tym poprzestali. Serce Mai przeszył ból.

Uklękła. Spódnica natychmiast przesiąkła krwią.

Jeden z nich był jeszcze przytomny.

- Pani nie powinna tracić na mnie czasu - wystękał. - Ja i tak umieram.

To cud, że jeszcze mówił. Jego jedna noga była zmiażdżona powyżej kolana. Ktoś zacisnął sznurek ponad raną, ale było widać, że mężczyzna się wykrwawił. Maja próbowała powstrzymać krew. Użyła całej swojej mocy, ale wiedziała, że jej nie wystarczy. Mogła tylko ulżyć nieco cierpieniu rannego.

- Chyba jesteś aniołem - wyszeptał, gdy otworzył oczy. Już nie widział w niej żony Heino. Nie poznawał jej. Była kimś, kto łagodził jego ból. - Aniołem Boga. Czy ja już nie żyję?

Maja potrząsnęła głową.

- Ale umieram...

Nie odpowiedziała. Nie chciała kłamać.

- Dziękuję! - wyszeptał drżącym głosem, zanim zamknął oczy. Jego twarz przybrała wyraz niebiańskiego spokoju.

Maja siedziała jeszcze chwilę z rękami na krwawej masie, która jeszcze niedawno była nogą. Cofnęła je w końcu, wytarła w spódnicę, naciągnęła koc na twarz umarłego i przeszła dalej. Ktoś inny może odmówić nad nim modlitwy. Ona tego nie umiała.

Jeden z tych, którzy płynęli ostatnią łodzią, szedł za nią jak cień. Patrzył, co robiła, choć nic z tego nie rozumiał. Wystarczało, że łagodzi cierpienia rannych.

- To na nic - szepnął, gdy położyła dłonie na piersi chłopca, który nie mógł mieć więcej niż piętnaście, szesnaście lat. Wyglądało na to, że ma połamane żebra. Kaszlał krwią i chwilami bredził. - Nie uratujesz żadnego! Oni umrą! - krzyknął.

Maja jakby go nie słyszała. W myślach recytowała swoje zaklęcia. Wiedziała jednak, że jej moc nie jest związana z żadnymi słowami. Chłopak przestał krwawić. Mówił o dziewczynie. Maja zastanawiała się, czy się kiedykolwiek będzie mógł do niej uśmiechnąć, poprosić do tańca...

Zebrała spódnicę i wstała. Poczuła, że jest śmiertelnie zmęczona. Dopiero teraz spojrzała na swego towarzysza. Był młodszy od Heino. Miał jasne włosy i przemoczone ubranie; widać wyławiał innych.

– Jak to się mogło stać? – spytała, zakładając za ucho pasmo włosów.

– Zaczęliśmy o kilka dni za wcześnie – odpowiedział zmęczonym głosem, opierając się o omszałą ścianę. – Powinniśmy byli zaczekać, aż rzeka będzie całkiem wolna od lodu. Pierwsza łódź wpadła na dużą krę. Chyba przesunęło to jakoś ładunek, bo się przechyliła. Na drugiej łodzi nie zauważyli niebezpieczeństwa i wpakowali się prosto w nią. Trzecia nie mogła już zmienić kursu. To pogorszyło sprawę.

Maja mogła to sobie wyobrazić.

– Czy to Heino nie chciał czekać? – spytała.

– To nie była tylko jego wina. Wszyscy chcieliśmy wyruszyć. Żaden z nas nie chciał czekać dłużej niż inni...

– Widziałeś Heino?

Skinął głową.

– Wyciągnąłem go. Dostał się pomiędzy belki.

Twarz Mai wykrzywiła się.

– Był nieprzytomny, ale nie krwawił. Jedna noga może wyglądała trochę dziwnie, lecz nie aż tak jak u tych tutaj. Oddychał. Zabraliśmy go do jednego z domów. Mogę cię tam zaprowadzić.

Maja pokiwała głową.

Usłyszeli jakieś zamieszanie, odgłosy końskich kopyt. Ludzie wzburzyli się. Ktoś biegł w stronę stodoły.

Maja wyszła na spotkanie przybysza.

Ręce wskazywały na nią, ktoś mówił coś szybko po fińsku.

Maja podeszła do jeźdźca. W mroku dostrzegała tylko uprząż i końskie oczy i czuła ciepły oddech zwierzęcia.

Mężczyzna był inny, niż sobie wyobrażała. Opisy nigdy nie były mocną stroną Heino. Od Marcusa Runefelta biła władczość. Na dodatek patrzył na nią z wysokości końskiego grzbietu.

– Jesteś żoną Heino Aalto? – spytał. Żoną, a nie małżonką, zauważyła Maja. Może nic w tym dziwnego. Była brudna, powalana błotem i krwią. Włosy wysunęły się z węzła. Nie wyglądała na małżonkę bogatego człowieka. Była – żoną.

– Tak, to ja – odpowiedziała, prostując kark. Lampy oświetliły jej zaciętą twarz, uwydatniając blizny. Oczy świeciły takim blaskiem, jakiego Marcus Runefelt wcześniej u nikogo nie widział. Wszystko to nadało Mai niesamowity wygląd, jak z nierzeczywistego snu. Wiatr zaczął szarpać jej włosami, tak że przypominały ptasie skrzydła, płaszcz furkotał. Drobna kobieta, ubrana na czarno, w mroku nocy. Dumnie wyprostowana przed władczym mężczyzną na koniu.

– Słyszałem, że twój mąż żyje. Możesz mu przekazać, że Marcus Runefelt nadal proponuje mu kupno lasu. Ale cena może spaść z każdym dniem zwłoki.

– Heino nie sprzeda lasu – odpowiedziała mu chłodno. – Jeżeli przejechałeś tę długą drogę konno tylko po to, trud był nadaremny.

Przez tłum przeleciał szmer, gdy zwróciła się do pana na „ty". Na nim jej lodowaty ton nie zrobił większego wrażenia.

– A jeżeli umrze – oznajmił – mogę zapłacić ci tyle samo. O ile słyszałem, Heino Aalto nie będzie w stanie prowadzić dalej interesu.

Maja potrząsnęła głową. Splecione przed sobą ręce teraz oparła wyzywająco na biodrach.

– Kim ty jesteś – spytała drwiąco – że masz czelność przyjechać tu ledwie godziny po tym, jak mój mąż został ciężko ranny, i proponować mi kupno tego, co było jego życiem? Kim, u diabła, myślisz, jestem, że miałabym się na to zgodzić? Nigdy! Nigdy! A jeśli Heino umrze, ja poprowadzę dalej jego handel, dla niego. Nasz las nie jest na sprzedaż za żadną cenę!

Ludzie stojący wokół Mai wstrzymali oddech. Chyba jeszcze nikt nigdy nie odezwał się tak do Marcusa Runefelta! Samo to mogło wystarczyć, żeby wtrącić ją do więzienia!

On jednak tylko się zaśmiał.

– Przemyśl moją propozycję – poradził. – Może okaże się dla ciebie korzystna.

Odjechał, nie zaszczycając jej spojrzeniem.

Maja odwróciła się. Nie zobaczyła już mężczyzny, który miał ją zaprowadzić do Heino. Widziała tylko innych, nieznanych, trzymających lampy. Ludzie patrzyli na nią z niechętnym podziwem. Była wśród nich obca, mimo że Heino był jednym z nich. Ale już o tym zapominali. Swoją przemową do Runefelta przełamała wiele barier. Zaimponowała im odwagą.

– On nie chciał cię zranić – odezwał się za nią ktoś po szwedzku.

Maja zatrzymała się, pozwoliła, żeby się zbliżył. Przypomniała sobie w przebłysku, że widziała sylwetkę drugiego konia.

Mężczyzna był wytwornie odziany.

– Pracujesz dla niego? – spytała Maja po norwesku. – Sądzę, że wyraziłam się jasno. Nasz las nie jest na sprzedaż!

Zerwał kapelusz, odsłaniając gęste, jasne włosy i wysokie czoło. Miał prosty nos i mocny podbródek.

– William Samuli Hugo Runefelt – przedstawił się, wyciągając dłoń. Maja umyślnie udała, że jej nie zauważa.

– A więc syn – stwierdziła, patrząc mu w oczy. – To nie zmienia sprawy. Ten las nie jest na sprzedaż. Ani teraz, ani później! Jeżeli Heino nie będzie mógł prowadzić dalej handlu, ja go zastąpię.

Długo zakładał kapelusz.

– Podziwiam twoją postawę – powiedział szczerze. – Ale to nie jest praca dla kobiety. Kobiety nie są stworzone dla tylu zmartwień i konieczności podejmowania decyzji, które ona za sobą niesie. A już na pewno nie do obciążeń fizycznych przy pracy w lesie.

– Wszystkie te piękne słowa oznaczają, że kobieta się do tego nie nadaje – odparła Maja. – Ale ja tak. Jestem kobietą, która potrafi wykonywać zadania mężczyzny. No, może z wyjątkiem bycia ojcem – dodała sarkastycznie.

– Jesteś niezwykłą kobietą – stwierdził młody Runefelt. – Mam nadzieję, że ojciec nie zdławi w tobie tego żaru.

Uśmiechnął się do niej nieśmiało i wycofał w mrok, nie spuszczając jej z oczu.

Maja dopytała się o drogę do domu, gdzie umieszczono Heino. Zmierzono ją tam wzrokiem, zanim wpuszczono do środka. Może i widywano tu lepiej odziane kobiety, ale to jej nie obchodziło.

Trafiła do dużego gospodarstwa. Na tyle dużego, że była tam służba. Jedna ze służących szła przed nią, otwierając kolejne drzwi.

Mai to nie oszołomiło. Jej własne gospodarstwo było równie duże. Nie musiała się płaszczyć.

Przy łóżku, gdzie spoczywał Heino, siedziała starsza kobieta o jasnych, lekko siwiejących włosach zebranych w węzeł na karku. Niewysoka, pulchna, z rumianymi policzkami i bladoniebieskimi oczami.

Mężczyzna leżał z przymkniętymi powiekami, ale trudno było stwierdzić, czy spał.

– Jestem jego żoną.

Kobieta podniosła się szybko, mimo że pewnie miała koło sześćdziesiątki.

Maja położyła dłonie na policzkach Heino. Nie poruszył się, ale oddychał.

Szybko ściągnęła z niego koc. Zobaczyła, że go umyto i przebrano w koszulę nocną. Posłała kobiecie spojrzenie pełne wdzięczności.

– Nie krwawił – rzekła pani domu. – Jedna noga jest złamana, ale nie krwawił...

Maja wyczuła wahanie w głosie kobiety. Spojrzała na nią przenikliwie.

– Ale jest coś jeszcze? – spytała. Wiedziała, że tamta nie powiedziała czegoś ważnego.

Kobieta westchnęła ciężko. Powoli pokiwała głową. Spojrzała Mai w oczy. Zamrugała, jakby odganiając zaskakującą myśl.

– Nie poruszył nogami – rzekła. – Z rękami jest w porządku, ale nogami wcale nie poruszył.

Maja zadrżała.

Położyła dłonie na tej nodze, która nie była złamana. Zgięła ją w kolanie. Nie poczuła żadnego oporu, noga była bezwładna. Wyraz twarzy Heino się nie zmienił. Wpiła paznokcie w jego udo.

Leżał nieporuszony. Żaden mięsień twarzy nie drgnął.

Maja poczuła, jak poci się jej czoło. Przesunęła dłońmi wzdłuż jego nóg aż do bioder.

Zamknęła oczy i skupiła się. Skupiła się na Heino. Chciała przekazać mu całą swoją moc, moc, którą chciała wydobyć zewsząd. Chciała, żeby z jej pomocą walczył.

Maja czuła się zdrętwiała i zmarznięta, gdy skończyła. Kobieta wpatrywała się w nią. Nie wiedziała, czego była świadkiem, ale z pewnością nikomu o tym nie wspomni.

Maja okryła Heino kocem. Marzła. Jego twarz przybrała normalną barwę.

– Nie cierpiał – powiedziała kobieta. – Był przytomny, gdy go tu przynieśli. Mówił o tobie – dodała z ciepłym uśmiechem. – On cię bardzo kocha.

Maja pokiwała głową.

– Wiem – rzuciła. – Czy naprawdę nic go nie bolało?
– Nic.

Maję to jeszcze bardziej zaniepokoiło. W duszy znów wołała brata. Tylko Ailo mógł jej teraz pomóc. Tylko on mógł dać jej siłę, której potrzebowała, tylko on mógł ją zrozumieć.

Ailo!

Był to niemy krzyk.

Nie zdziwiło jej wcale, gdy w odpowiedzi na jej wołanie na niebie pojawiła się zorza polarna. Mogła być pewna, że Ailo wkrótce przybędzie.

– Założyłam mu jedną z koszul po moim zmarłym mężu – odezwała się kobieta niepewnie. – Ty też możesz się umyć, przebrać w jakieś moje rzeczy...

Maja skinęła w roztargnieniu głową. Podziękowała.

– Opatrywałam rannych – odparła na nie zadane pytanie kobiety.

Maja, już umyta i przebrana, usłyszała pukanie do drzwi.

– Szukam niejakiego Heino Aalto – powiedział mężczyzna.

Maja zorientowała się, że to ktoś z wyższej klasy.

– Jest tutaj – odpowiedziała. – Jestem jego żoną.

- Maria Aalto? - Przybysz wydawał się być zorientowany. Przyjaźnie uścisnął jej dłoń. Nie był to mocny uścisk ręki chłopa, ale nie był też pozbawiony charakteru. - Przysłał mnie tu młody pan Runefelt. Jestem ich lekarzem rodzinnym. Przekazał mi, że twój mąż miał wypadek. Widziałem łodzie, zorza dobrze je oświetla. Czy to coś poważnego?

- Mamy powody sądzić, że tak - odparła za Maję kobieta.

Zaprowadziła lekarza do łóżka Heino. Maja poszła za nimi.

Wprawne dłonie zbadały śpiącego Heino. Lekarz zmarszczył czoło, dopiero potem spojrzał na Maję.

- Muszę go jeszcze raz zbadać, dokładniej. Teraz nie mogę powiedzieć nic pewnego.

- Czy można go przewieźć? - spytała Maja. - Chciałabym, żeby był w domu.

- Nie umiem odpowiedzieć, zanim go nie zbadam, gdy się obudzi. Może jutro?

Maja skinęła głową. Pewnie zostanie tu przyjęta na noc.

- Jak pan sądzi? - spytała. - Jest sparaliżowany?

Lekarz wzdrygnął się, jakby wypowiedziała jakieś przekleństwo.

- Nie mogę jeszcze tego stwierdzić.
- Ale nie wyklucza pan tego?

Milczał, zajęty zakładaniem płaszcza i czapki.

- Otrzyma pan zapłatę, gdy wrócimy do domu - rzuciła Maja. - Nic nie mam ze sobą.

Brwi lekarza uniosły się wysoko na czoło.

- Myślałem, że pani to zrozumiała - odparł nieco zażenowany, jakby mowa o zapłacie go krępowała. - Nie oczekuję honorarium. Moje wydatki pokrywa rodzina Runefelt, jestem jej lekarzem.

Maja rozumiała. Był to lekarz wyłącznie rodziny Runefeltów, nikogo innego. Wielcy państwo mieli swój styl.

– Proszę pozdrowić Williama Runefelta i przekazać, że nie potrzebuję jałmużny – rzuciła chłodno. – Nie mogę sobie jednak pozwolić na zrezygnowanie z pana usług. Sama zapłacę tyle, ile zażądałby zwykły lekarz. A nawet więcej, bo jest to dodatkowe obciążenie dla pana. Nic nie wezmę od Runefeltów. Ani teraz, ani nigdy.

Lekarz był nadal zmieszany, ale Maja nie miała wątpliwości, że przekaże jej słowa pracodawcy.

– Dumna jesteś – stwierdziła starsza kobieta, gdy odjechał.

– Tak – odparła Maja. – Tak mnie wychowano i taka jestem. Nie będę niczego przyjmować od Runefeltów. Marcus Runefelt chciał kupić nasz las. Przybył tu dziś w nocy, żeby mi to oznajmić. To było wstrętne.

– Jego syn nie jest taki zły, przynajmniej tak mówią ludzie. Jest bardziej fiński od ojca, jeśli mnie rozumiesz.

Maja pokiwała głową.

– Mimo to nic od niego nie chcę. – Maja była nieprzejednana.

Przez twarz starszej kobiety przeleciał uśmiech, jakby ta cecha nie była jej obca.

Wyciągnęła do Mai dłoń.

– Nie zdążyłam się przedstawić. Jestem Marja Kivijärvi.

Maja odpowiedziała uściskiem dłoni. Nic jej to nie mówiło. Była dla niej po prostu przyjazną kobietą, która przyjęła ich pod swój dach.

– Mój syn, Kari, prowadzi gospodarstwo – opowiadała Marja. – Jesteśmy sami. Pewnie to dla niego zbyt duża odpowiedzialność, ale czasem nie szkodzi wcześnie dojrzeć.

Maja słuchała nieuważnie. Nie była z tych, którzy łatwo nawiązują kontakt z obcymi. Nic zresztą jej teraz nie interesowało poza Heino. Podeszła do łóżka. Przysunęła krzesło i usiadła. Wszystko w niej wołało o uzdrowienie męża.

Wiedziała jednak, że z paraliżem nie uda jej się wygrać. Nieważne, jak bardzo tego pragnęła, nigdy nie była bardziej bezsilna.

Czuwała nad nim całą noc. Siedziała w półmroku rozświetlanym słabym światłem lampy i tylko na niego patrzyła. Wspominała. Niemal płakała, gdy uświadomiła sobie, że tak długo nie dopuszczała go do swego serca. Ile czasu zmarnowała. Widziała to teraz wyraźnie. Potrzebowała nieszczęścia, żeby to zrozumieć.

Tym bardziej czuła ulgę, że zdążyła mu powiedzieć, że go kocha. Nigdy by jej nie uwierzył, gdyby mu to powiedziała teraz, po wypadku. Wtedy dumny, hardy Heino nazwałby to współczuciem niezależnie od jej szczerości. Nigdy by go nie przekonała.

Nadszedł ranek. Zdmuchnęła lampę. Spojrzała na małżonka, z którym przysięgła spędzić resztę życia.

Znała go i wiedziała, jaki był witalny. Rozumiała, że duża część jego męskiej dumy opierała się na świadomości własnej siły fizycznej. Maja zastanawiała się, jak będzie wyglądało ich życie, jeśli to najgorsze okaże się prawdą. Nie była w stanie wyobrazić sobie Heino, który nie może być takim mężczyzną, jakim zawsze był: o spracowanych dłoniach i spocony od wysiłku.

Marja uchyliła drzwi. Była zaskoczona, że Maja nie śpi.

– Czyżbyś wcale nie spała?

Maja pokręciła głową.

– Chcę być przy nim, kiedy się obudzi.

– Bardzo go kochasz?

Maja potwierdziła. Tak właśnie było. Bardzo go kochała. Wygładziła koc, którym przykryty był Heino. Wstrząsnęła głową, odrzucając włosy.

Marja ściągnęła brwi na ten widok. Coś nie dawało jej spokoju od czasu, gdy młoda żona Heino Aalto pojawiła się wczoraj w jej domu.

– On cię przywiózł z Norwegii, prawda? – spytała ostrożnie.

Szybki uśmiech przeleciał przez twarz Mai.

– Przywiózł? Cóż, można to i tak nazwać.

– Skąd pochodzisz? – pytała dalej Marja, opierając się o framugę okna. Miała widok na rzekę i belki. Jej nagle spotniałe dłonie ściskały parapet.

– Lyngen – odpowiedziała Maja. – Jykeä – dodała, gdyż znane tu były tylko fińskie nazwy.

– Dobrze mówisz po fińsku.

– Tak jak wielu tam – wyjaśniła Maja z uśmiechem. – Wielu Finów osiedliło się w naszej dolinie. Mój ojciec, przybrany ojciec – dodała szybko – jest Finem. Jego rodzice przybyli tam w czasie wielkich wojen.

Zamilkła. Sama nie wiedziała, dlaczego opowiada o sobie tej kobiecie. Ona nie musiała tego wiedzieć.

– Ożenił się z Norweżką?

– Moja matka była Finką – rzuciła Maja sztywno. – Została sprzedana jako dziecko – dodała wyzywająco, patrząc na plecy Marji. – Lapończycy wzięli ją do Norwegii, mniej więcej w tym samym czasie, gdy przybył tam Reijo, mój ojczym. Później się pobrali. Byłam wtedy dziewczynką.

– A twój ojciec?

– Był Lapończykiem – odpowiedziała, nadal nie rozumiejąc, dlaczego opowiada o sobie gospodyni, no i dlaczego jej życie tak tę kobietę interesuje. – Synem tego człowieka, który zabrał mamę do Norwegii. Była w tym jakaś ironia losu. Ale to już nieważne. Mikkal nie żyje. Mama też...

Ramiona Marji zapadły się.

Mikkal...

Ilu mogło tak się nazywać? Ilu miało ojców, którzy zabrali ze sobą dziecko do Norwegii? Ilu wreszcie kochało tę kobietę? Ale coś się jej nie zgadzało.

Maja była pewnie w wieku tego dziecka, które ona wtedy miała ze sobą... tego chłopca, Ailo. Coś się nie zgadzało.

– Masz rodzeństwo?

– O, tak. – Maja ujrzała oczami wyobraźni kochane twarze. – Mama miała skomplikowane życie. Ja jestem najstarsza. Potem jest Knut, którego miała z Kallem. Była jego żoną. On zginął na morzu. Dalej Ida, która jest córką Reijo. Nasza najmłodsza. No i Elise, którą wzięła na wychowanie, gdy ona straciła rodziców. No i jeszcze Ailo, który jest synem Mikkala. Mikkal ożenił się z inną...

Marja starała się oddychać spokojnie.

A więc okłamali ją wówczas. Co Raija robiła wtedy z mężem innej i jej dzieckiem? Gdzie były jej własne dzieci? U ojca, u męża?

Na Boga, kim właściwie była jej córka? Ta młoda kobieta powiedziała, że nie żyje...

Raija wtedy ją okłamała...

A Matti...

Też ją to zabolało. Przyjechał z Norwegii z ładną żoną. Elise. Polubiła ją.

Aki nigdy nie lubił Mattiego. To wiele zepsuło. Tylko dla Kariego mogła być matką. Teraz był już na tyle dorosły, że jej nie potrzebował. Pewnego dnia przyprowadzi dziewczynę, z którą będzie chciał się żenić. Matkę przeniesie do komórki. Krąg się zamknie. W końcu Aki wziął ją z ubogiego domu...

Więc Matti także kłamał.

Albo ukrył prawdę... Oboje stanęli przeciwko niej.

A teraz ta młoda kobieta weszła w jej życie. Zrządzenie losu? Nie zrobiła tego specjalnie, nie szukała jej. Maria Aalto...

Była wzruszona. Pierwsze dziecko Raiji, które córka nazwała po niej... Weszła do jej domu, gdy Marja tego najbardziej potrzebowała. Ale nic o tym nie wiedziała.

Marja ściskała brzeg parapetu. Z trudem oddychała. Łzy przesłoniły jej wzrok.

W sercu czuła głęboki żal. Przecież nie miała wyboru, gdy wychodziła za Akiego. Może sprawiła tym zawód Mattiemu. Może dlatego odszedł z Raiją. Ona na pewno stała po stronie brata.

Ale Raija skłamała, opowiadając o swym życiu. Przekazała matce ładną historyjkę, którą ona chętnie przyjęła. Chciała przecież wierzyć, że tej córce, którą wysłała do Norwegii, powiodło się. Teraz nic już nie wiedziała. Chyba nie było jej zbyt dobrze. Dwóch mężów. Mikkal. No i to gadanie o Petri Aalto...

O Boże, przecież to ojciec Heino!

Zastanawiała się, czy Maja o tym wie. Miała wiele pytań. Tylko Maja mogła na nie odpowiedzieć.

Powoli odwróciła się od okna.

Maja ze zdziwieniem ujrzała zapłakaną twarz gospodyni. Nie zauważyła, że tamta płakała. Ale jej uwaga skupiona była tylko na Heino.

– Dobrze się czujesz? – spytała ostrożnie.

Marja ujrzała w jej twarzy własne rysy, rysy twarzy

Erkkiego, ale przede wszystkim Raiji. No i ta miodowa otoczka źrenic jak u Mikkala...

Widziała już w nocy, ale nie chciała tego przyjąć do świadomości. Teraz nie miała wyjścia.

Dobrze, że Aki już nie żyje. I tak trudno mu było zaakceptować Raiję. Dla Akiego dzieci Erkkiego jakby nie istniały. Były z innej epoki, gdy Marja nie należała do niego. Nie interesowało go nic, co się działo wcześniej.

– Pewnie o mnie słyszałaś – odezwała się Marja niepewnie. – Powinnaś mnie znać. To ja... sprzedałam dziecko trzydzieści lat temu. To po mnie jesteś nazwana, Mario. Bo jesteś córką Raiji, prawda?

Maja wpatrzyła się w Marję Kivijärvi. Dopiero teraz ujrzała to, co powinna zobaczyć dawno. Rysy twarzy matki zatarły się już w jej pamięci. Minęło tyle czasu...

Ale powinna rozpoznać Idę w tej kobiecie!

Pokiwała powoli głową. To była prawda. I może tak miało być.

– Jestem córką Raiji – potwierdziła. Nie mogła się zdobyć, żeby objąć tę kobietę. Była jej krewną, ale to nie pomagało.

– Ja jestem matką Raiji – powiedziała Marja.

A więc miała babkę. A zatem ten chłopak, Kari, był jej wujem.

– Matti nie opowiedział nic o nas?

Marja potrząsnęła głową.

– A mama?

Maja przełknęła ślinę. Widać matka miała swoje powody. A Matti był lojalny wobec siostry.

Czuła się bardziej samotna niż kiedykolwiek.

Ailo! Ailo! Nie dam rady sama!

– Nie czuję radości – rzuciła Maja sztywno. Schwy-

ciła bezwładną dłoń Heino, która nie dała jej żadnego wsparcia. Ale w sposób naturalny uciekała się do niego.
– Przykro mi. Może to przyjdzie później.

Marja pokiwała głową. Udało jej się ukryć zawód przed Mają. Ta kobieta była córką Raiji nie tylko z wyglądu.

Raija nigdy nie była jej ukochanym dzieckiem. Była córeczką tatusia, Erkkiego.

Maja była jej wnuczką, a trzymała ją na taki sam dystans jak Raija. Czy to miała po matce?

Bolało tak samo.

Rozdział 4

Przyszedł lekarz. Był równie nieprzystępny i sztywny jak wczoraj. Towarzyszył mu młody Runefelt.

Marji aż poczerwieniały policzki. Jej oczy przebiegły nerwowo po podłogach i meblach. Czy wszędzie jest czysto? Czy wszystko w porządku? W końcu był to syn Marcusa Runefelta!

Kari, przeciwnie, spoglądał na niego hardo. Przywitał go krótko. Maja zdążyła dostrzec cień nienawiści w spojrzeniu chłopaka, który okazał się być jej wujem. Odszedł wkrótce, wymawiając się robotą w obejściu.

Dwie pary oczu zwróciły się ku Mai: lekarza i Williama Runefelta.

– Odzyskał przytomność?

Maja skinęła głową, patrząc w stronę lekarza. Młodego arystokratę pominęła. Nie wiedziała, jak by się miała do niego zwracać, a zresztą nie chciała wiedzieć. Tytuły i tak były chyba dziedziczne, więc młody Runefelt o tylu imionach mógł tylko czekać na nie, dopóki stary nie wyzionie ducha.

– Tylko na chwilę – odpowiedziała. – Nie poznał mnie. Mówił o ratowaniu ludzi.

– A więc mówił?

Znów pokiwała głową.

– Poruszył się?

– Wcale – odparła, starając się zachować spokój. Musiała być silna, mimo że wszystko w niej krzyczało ze strachu.

Marja dopowiedziała za nią:

– Leży od początku w tej samej pozycji.

Lekarz zbliżył się do łóżka z wielką, czarną torbą.

– Chcę go zbadać – stwierdził stanowczo. Spojrzawszy na Maję, dodał: – Sam.

Maja przystała na to. On wiedział lepiej, co należy robić. Nie miała zresztą siły na stawianie oporu. Pozwoliła się zaprowadzić do najlepszego pokoju Marji – dwa kroki przed Williamem Runefeltem. Obyty w świecie młody człowiek pozwalał kobiecie iść pierwszej.

Marja szybko wystawiła najlepsze filiżanki i poszła do kuchni osobiście dopilnować, żeby kawa dla syna najpotężniejszego człowieka w okolicy była dostatecznie mocna.

– Wieści o tobie prędko dotarły do Tornio – powiedział cicho William Runefelt. Miał miły głos.

Maja spojrzała na niego. Zauważyła, że użył fińskiej nazwy miasta, choć jego ojciec z pewnością użyłby szwedzkiej, Torneå. Jakie wieści miał na myśli?

– O dzielnej żonie Heino Aalto, która na kolanach,

w błocie, nocą, obwiązywała rany umierających pasami oddartymi ze swej spódnicy – rzekł Runefelt bez cienia szyderstwa. Maja zrozumiała, że tylko powtarzał słowa ludzi. – Własnymi rękami zatrzymywała krwotoki, była unurzana we krwi aż po łokcie, ale nie odeszła, póki nie pomogła każdemu z nich.

Maja uśmiechnęła się krzywo.

– Tak oto tworzy się bohaterów – i bohaterki.

– Oczywiście byli i tacy, którzy mówili, że chyba nie kocha męża, skoro traciła czas na umierających, zanim do niego poszła.

– Oczywiście – potwierdziła Maja. Trudno było jej rozmawiać z młodym Runefeltem. Cały czas miała świadomość, kim on jest. Nie żeby czuła się mniej od niego ważna, ale ponieważ on najwyraźniej sam siebie oceniał jako lepszego.

– Moja propozycja skorzystania z usług lekarza domowego to nie żadna jałmużna.

Maja nie spodziewała się, że poruszy ten temat. Wstała, splatając ręce pod biustem. Niewidzącym wzrokiem patrzyła na okazały zegar podłogowy babki.

– Tak to odczułam.

– Stary Bergfors nie umie się zgrabnie wyrażać – westchnął Runefelt. – W jego ustach nawet zwykłe powitanie może zabrzmieć jak obraza. Poinstruowałem go tak dobrze, jak mogłem, ale żaden z niego dyplomata. Takt nie jest jego mocną stroną, choć na pewno potrafi być dyskretny.

Maja zrozumiała aluzję.

– List byłby wystarczająco... taktowny – rzuciła ostro.

– Nie wiedziałem, czy umiesz...

Zamilkł.

Maja spojrzała prosto w jego niebieskie oczy.

– Nie wiedziałeś, czy umiem czytać? Może nie pochodzę z arystokracji, ale nie jestem głupia!

Pochylił głowę, zarumieniony.

– Umiejętność czytania nie ma nic wspólnego z głupotą czy mądrością, Mario Aalto – odparł zmieszany. – Prędzej z możliwościami czy pochodzeniem. Jest wielu mądrych ludzi w Tornedalen, którzy nie umieją czytać. Ale przyznaję, że nieuprzejme było z mojej strony zakładać, że ty nie umiesz.

– Zapłacę za lekarza – oświadczyła Maja zdecydowanie. – Nauczono mnie, żeby płacić za siebie.

– Nie możesz przyjąć podarunku?

Potrząsnęła głową, spoglądając na niego z powagą.

– Nie takiego podarunku. Myślę, że Heino także odebrałby to jako jałmużnę. On jeszcze żyje, choć wszyscy uważają, że jest inaczej. Wiem, że wyzdrowieje. I na pewno źle by przyjął wiadomość, że doglądającego go lekarza opłacił Runefelt. Chyba dobrze wiesz, dlaczego?

William Runefelt pokiwał głową.

– Każdy mężczyzna powinien mieć taką żonę, jak ty – rzucił nagle, uśmiechając się.

Maja nie rozumiała jego komplementów. Nie wiedziała, że to była sztuka, którą ludzie jego stanu wcześnie opanowywali.

Marja uratowała ją, wnosząc kawę w srebrnym dzbanku. Podała też cukier w salaterce i śmietankę w dzbanuszku, także srebrnych.

Chyba jej drugiemu mężowi nieźle się powodziło. Tego na pewno nie odziedziczyła po Erkkim Alatalo, pomyślała Maja.

Marji drżały lekko dłonie, gdy nalewała kawy. William Runefelt rozmawiał jednak równie gładko i wytwornie z siwiejącą wdową po chłopie Akim Kivijärvi jak z odzianymi w jedwabie damami.

Maja nie brała udziału w rozmowie tych dwojga. Starali się ją wciągnąć, ale odpowiadała nieuważnie, okazując brak zainteresowania. Ich głosy zlały się w jej uszach w jednostajny szum.

Lekarz Bergfors zdjął marynarkę i przyłączył się do nich.

– To jest poważna sprawa – zwrócił się do Mai. – Cud, że w ogóle żyje.

– Jak bardzo poważna? – spytała Maja, starając się ukryć drżenie głosu. Dłoń ściskała mocno filiżankę. – Czy będzie chodził?

Lekarz spojrzał na nią oczami, które niejedno widziały, mimo że obracał się głównie w kręgach ludzi uprzywilejowanych.

– Macie dzieci?

Maja potrząsnęła głową.

– Nie będzie już nigdy chodził. Ma złamany kręgosłup. Jest sparaliżowany od klatki piersiowej w dół. Już nie będzie mężczyzną, tylko pacjentem.

– Czy znasz się na tym? – spytała Maja ostro. – Nie zgadujesz? Na tyle się znasz, żeby stwierdzić to na pewno?

Lekarz pokiwał głową.

William Runefelt wykrzywił usta w rodzaju uśmiechu.

– Mój ojciec nie wybrałby kogoś niekompetentnego na lekarza domowego, Mario Aalto. Możesz być pewna, że Bergfors jest najlepszym lekarzem po naszej stronie rzeki.

– No dobrze – rzuciła Maja. – Co ja mogę zrobić?

– Będzie leżał w łóżku – stwierdził lekarz. – Jak rozumiem, wiódł czynne życie. Może zgorzknieć, ale będzie musiał się z tym pogodzić. Nie ma innej możliwości.

Heino, w łóżku... Przez resztę życia? Maja wiedziała, że to na pewno je skróci. On tego nie wytrzyma. Ona też nie. Nie będzie tylko się nim opiekować przez resztę ich wspólnego życia!

A może dlatego została obdarzona niezwykłymi mocami?

Nie, nie wolno jej tak myśleć.

- Ale ma siłę w rękach? - spytała.

Lekarz przytaknął.

- I nie ma uszkodzonej głowy?

- O ile mogłem stwierdzić, nie. Ale ponad połowa jego ciała będzie teraz tylko dodatkiem. Mężczyźnie trudno się z tym pogodzić.

Maja zacisnęła zęby. Heino nigdy nie będzie tylko rękami z dolną częścią ciała jako dodatkiem!

- Chcę go zabrać do domu. Mogę?

Bergfors pozwolił nalać sobie drugą filiżankę kawy. Rozparł się wygodnie w miękkim fotelu Marji.

- Myślę, że tak, o ile zachowa się ostrożność.

Maja pokiwała głową. Nie wiedziała, jak tego dokona, ale nie chciała, żeby Heino leżał tu dłużej. Czuła się taka samotna! Tak okropnie samotna. On musi dojść do siebie, musi pomóc jej coś wymyślić!

- Potrzebujesz porządnego wozu - zauważył William Runefelt.

Maja właśnie się nad tym zastanawiała. Przydałoby się coś z dachem.

- Pożyczę ci - zaproponował mężczyzna.

- Nie - zaprotestowała gwałtownie, lecz zamilkła. Zagryzła wargi. - Heino nigdy by się na to nie zgodził... - dodała spokojnie. Wiedziała też, że Heino wolałby

53

nie obciążać sobą innych, mimo że Marja okazała się rodzoną babką Mai.

– Potrzebujesz krytego powozu, żeby go przewieźć do domu. Twój mąż jest ranny. Jazda pod gołym niebem mogłaby mu zaszkodzić. O ile rozumiem, Bergfors uważa, że przewożenie go nie jest najlepszym pomysłem, ale wiem, że tego pragniesz. Mam taki powóz. Bez żadnych monogramów i herbów, całkiem zwyczajny.

Maja uśmiechnęła się słabo. „Całkiem zwyczajny"... To jasne, że długo przebywał za granicą. Mało kto w ich okolicach miał taki powóz. Całe Tornedalen będzie od razu wiedziało, że Heino jedzie do domu ekwipażem Runefeltów.

Ale nie miała wyboru.

– Chętnie go pożyczę – rzekła sztywno. – Zakładam, że przyślesz woźnicę. Ani ty, ani twój ojciec nie może przyjechać. Najwyżej lekarz, to mu od razu zapłacę.

Heino wrócił do domu powozem Runefelta. Maja siedziała sztywno wyprostowana obok leżącego, właściwie zadowolona, że nadal spał i nie wiedział, co się z nim dzieje. Towarzyszący jej lekarz najwyraźniej czuł się równie niezręcznie. Mruknął coś, że traktują go jak jakiegoś lokaja. Maja nie wiedziała dokładnie, co to słowo oznacza, będzie musiała poczekać z wyjaśnieniem na Heino.

Marja była szczerze wzruszona przy rozstaniu. Błagała, żeby nie traciły kontaktu. Maja pokiwała sztywno głową. Nie była pewna swoich uczuć wobec tej kobiety i nie wiedziała, czy chce się czuć z nią bliżej związana.

Marja miała tylko Kariego. Maja rozumiała, że dla

babki ważne było powiększenie rodziny. Ale Maja nie chciała stać się żadną nową Raiją, nie chciała jej zastępować. Nie była pewna, kim właściwie jest dla Marji.

O Boże, Ailo, pomyślała. Ja też potrzebuję kogoś mojej krwi. Kogoś, kto mi pomoże odnaleźć w tym wszystkim sens!

W końcu została w domu sama z Heino, z poczuciem, że taka sytuacja będzie trwała wiecznie.

Mogła polegać tylko na sobie, musiała uwierzyć, że podoła obowiązkom, które dotąd wypełniał Heino.

Przyszło się jej o tym przekonać już kilka godzin po odjeździe powozu.

Nadszedł jeden z ludzi pracujących dla Heino. Czapkę trzymał w dłoniach. Widać było, że przeżywa wagę chwili. Oznajmił, że nazywa się Josef Haapala.

– Ludzie się niepokoją – mówił. – Zastanawiają się, co się dzieje. Wiemy, że Marcus Runefelt uwziął się na Heino. Dla nas oznacza to koniec. Runefelt ma swoich własnych pracowników i słabo płaci. Mógł tak robić, długo był jedynym pracodawcą w okolicy. Wielu z nas jest u niego na czarnej liście...

Mężczyzna spojrzał na czapkę, którą obracał w dłoniach.

– Rozumiem, dlaczego się niepokoicie – odpowiedziała Maja. – Ale Runefelt nie kupi naszego lasu, dopóki Heino i ja mamy siłę odmawiać.

– Myśleliśmy, że...

Maja pokiwała głową.

– Któż inny w okolicy ma powóz? – spytała tylko.

Josef Haapala zrozumiał. Czasem trzeba robić coś, czego by się nie chciało.

Maja wzięła głęboki oddech. Nadeszła okazja ukrócenia ewentualnych plotek.

- Powinniście wiedzieć - oznajmiła - że Heino już nigdy nie będzie mógł pracować z wami w lesie.

Mężczyzna wpatrywał się w nią, oniemiały.

- Heino stracił władzę w nogach. Jest sparaliżowany od piersi w dół.

Cisza aż dzwoniła im w uszach.

- Sparaliżowany? - powtórzył Josef.
- Tak. Ale żyje - powiedziała Maja z naciskiem.
- Co będzie z nami? Mamy rodziny na utrzymaniu, same poletka nie wystarczają.
- Jedyne, co się zmieniło, to fakt, że Heino nie będzie przebywał z wami tak jak kiedyś. Poza tym nic się nie zmienia. Pracę zachowujecie, robicie to samo, co wcześniej. Heino nadal będzie podejmował decyzje.

Maja przerwała i zastanowiła się chwilę.

- Czy mogę ci ufać? - spytała.

Mężczyzna pokiwał głową, zmieszany. Nie miał pojęcia, do czego zmierza ta kobieta.

- Heino nie może sam doglądać wszystkiego jak kiedyś. A ludzie na pewno nie zniosą kręcącej się wśród nich kobiety. Poza tym Heino mnie potrzebuje. Czyli że musimy mieć kogoś, kto przejmie na siebie wiele z zadań Heino.

Spojrzała na niego znacząco. Josef Haapala przełykał gwałtownie ślinę, nie mogąc wydobyć głosu.

- Ludzie wybrali cię, żebyś tu przyszedł, prawda? - spytała spokojnie.

Pokiwał głową.

- A więc mają do ciebie zaufanie. Przyszedłeś tu, czyli jesteś odważny. Podobasz mi się. Chcę, żebyś był taką osobą. Zastępcą Heino.
- A co on na to?

Maja wytrzymała jego spojrzenie.

– Heino jeszcze nie mówi. Ale nie możemy pozwolić na przestoje, prawda? Wy chcecie zarabiać. My mamy umowy. To musi iść dalej. Heino nie czuje się jeszcze dobrze, ale przejmie dowodzenie, gdy tylko będzie mógł. Na razie ja decyduję. Ale potrzebuję waszej pomocy, bo nie znam się na tym. Razem uda nam się utrzymać na powierzchni, dopóki Heino nie przejmie steru. Teraz, kiedy nie może dowodzić, nie pozwolicie chyba, żeby nasz statek zatonął?

– Zastępca? – zastanawiał się Josef Haapala, uśmiechając się lekko.

– Straciliśmy ludzi – Maja drążyła dalej temat tak, aby Haapala się nie rozmyślił. – Nie chcę, żebyście wy i wasze rodziny coś straciły. Wyprawię pogrzeb tym, którzy zginęli. Idź do rodzin ofiar i daj im resztę wypłaty, z dodatkiem. Ten wypadek nie powinien nikogo pozbawić środków do życia. Do żniw jeszcze daleko...

Pokiwał głową. Maja wyszła z pokoju, a on czekał, rozważając jej propozycję.

Zastępca...

Boże, gdyby chłopaki wiedziały, na wyścigi chciałyby tu przyjść. A jego niemal zmusili...

Wróciła. Blada, z podkrążonymi oczami, z włosami ściągniętymi w węzeł na karku. Nie pasowała do niej ta fryzura, ale i tak była niezwykłą kobietą.

Może nie taką, o której snuje się marzenia. Nie marzy się o kobiecie, która budzi lęk. A Mai Aalto można się było bać! Josef Haapala cieszył się, że jego żona nie jest taka, ale jednocześnie uważał, że to dobrze, że właśnie Maja była żoną Heino. W przeciwnym razie sytuacja dla wielu z nich stałaby się naprawdę trudna.

Włożyła mu do ręki kilka ciężkich sakiewek. Jeszcze nigdy nie trzymał tyle pieniędzy!

- Powinno się zgadzać - rzuciła. - Jeśli się w czymś pomyliłam, rozliczysz się z Heino. Nikogo nie chcę oszukać. Pamiętaj powiedzieć im o pogrzebie!

Pokiwał głową.

- A co teraz mamy robić? - zapytał ostrożnie, niepewny, czy ona nie oczekuje, że to on powinien wiedzieć. W końcu miał być zastępcą.

- Trzeba rozładować zniszczone łodzie. Uratować, co się da. Nadal będziemy przesyłać drewno do Zatoki Botnickiej. Pewnie dotarły tam wieści, co się stało z transportem. Wyślę kogoś z wiadomością, że dotrzymamy umowy.

- Nadal rzeką?

Maja przełknęła ślinę. Boże, dlaczego ona musiała decydować o takich sprawach! Przecież nie znała się na tym. Ale rozumiała, dlaczego Haapala o to pytał.

- Pewnie na razie nie będzie to możliwe - odpowiedziała. - Na razie trzeba je przewieźć inaczej. Ale gdy już nie będzie lodu...

Haapala kiwał głową. Może i kobiety nie powinny się na tym znać, to wbrew naturze. Ale ta miała olej w głowie. Uznał, że to sprawiedliwe: nie była przecież ładna, a każdemu należy się coś od życia...

- Drwale mogą nadal ścinać. Heino pewno wam mówił, gdzie.

To było jasne.

- Ci, którzy zginęli...

- O, właśnie. - Maja jeszcze nie obejmowała całości. - Potrzebujemy kogoś na ich miejsce. Z tym zdaję się na ciebie, Josefie. Mogę chyba tak się do ciebie zwracać?

Pokiwał głową.

- Do mnie możesz mówić Maja.

Aż zbladł z wrażenia. Nigdy, przenigdy nie zwróci się do niej po imieniu! Na zawsze będzie dla niego panią Aalto. Zbyt wysoko ją cenił.

– Spróbuj wybrać kogoś spośród tych, którzy narazili się Marcusowi Runefeltowi – dodała z uśmieszkiem. – Niech nie czuje się Bogiem Wszechmogącym.

Coraz bardziej ją lubił.

– Będziesz pierwszym, który porozmawia z Heino, gdy on już dojdzie do siebie – obiecała Maja.

Josef Haapala, którego niemal siłą wypchnięto na rozmowę z Mają, wracał od niej przepełniony poczuciem odpowiedzialności, niosąc towarzyszom obietnicę dalszej pracy.

Maja dokonała trafnego wyboru. Josef w głębi serca wiedział, że nie może jej zawieść. I nie zawiedzie. Nie tylko dlatego, że była żoną pryncypała. Nabrała w jego oczach cech niemal nieziemskich.

Heino odzyskiwał przytomność na krótkie chwile. Wydawało mu się, że nadal jest na tonącej łodzi. Wykrzykiwał rozkazy, których nikt nie zdążył wykonać. Wszystko potoczyło się zbyt szybko.

Mówił do Mai, mówił, że ją kocha. Wspominał syna, którego powinni mieć.

Maja słuchała i płakała. Zaciskała zęby.

Poszła do wsi i wynajęła dwie dziewczyny do utrzymywania domu w porządku, a także parobka. Płatna pomoc okazała się teraz bardzo potrzebna. W krótkim czasie tyle się zmieniło.

Oporządzanie Heino wymagało wiele wysiłku, nie chciała jednak, by robił to ktoś inny. To był jej obowiązek.

Podczas jednego z takich zabiegów Heino ocknął się. Próbował jej pomóc.

Stało się tak po raz pierwszy.

Nie poszło dobrze.

Cisza dźwięczała w uszach.

Maja skończyła, odsunęła miskę.

– Zostań, Maju! – poprosił dawnym głosem.

Usiadła na brzegu łóżka. O Boże, o ile bledszy stał się przez ten tydzień! Oczy płonęły gorączkowym blaskiem. Budził się teraz na dłużej niż tylko na jedzenie. Chciał rozmawiać.

– Ja nie wyzdrowieję, prawda? – spytał, chwytając ją za przegub dłoni.

Powoli pokręciła głową.

Jakby zapadł się w sobie.

– Do diabła ze wszystkim! – zaklął, nie patrząc na Maję.

Opowiedziała mu, co zdecydowała w związku z lasem.

– Może byłoby lepiej, gdyby Runefelt go kupił – rzucił zrezygnowany. – A co ze mną, Maju? Jaki mam wyrok? Nie mogę poruszać nogami. To się nigdy nie poprawi?

– Nigdy.

– Próbowałaś wszystkiego? – spytał. – Próbowałaś swej... mocy, Maju?

– Tak. Nic nie pomogło. Złamałeś kręgosłup. Będziesz potrzebował metalowego gorsetu, żebyś mógł siedzieć. Tak powiedział lekarz.

– Lekarz? – zdziwił się.

Maja widziała, że jest zmęczony. Zbyt dużo nowego na raz.

– Sprowadziłam do ciebie lekarza – rzuciła.

– Pewnie to dużo kosztowało – skrzywił się. – Jestem tego wart? Chyba niewiele ze mnie pozostało dobrego.

Pochyliła się nad nim, potarła policzkiem o jego policzek i lekko pocałowała.

– Nie myśl tak, Heino. Jesteś moim mężem. Kocham cię. Nie mogę cię stracić, rozumiesz?

Jego głos zabrzmiał gdzieś przy jej uchu, Maja mogła sobie tylko wyobrazić wyraz jego twarzy. Trzymał ją tak mocno, że aż się bała, że sobie tym zaszkodzi.

– Pewnie byłoby dla ciebie lepiej, Maju, gdybyś jednak mnie straciła. Powinienem był zginąć tam, pod wodą.

Trzymając ją, w końcu zasnął. Uścisk zelżał. Powoli podniosła się, okryła go kocem. Poprawiła mu grzywkę, pogładziła po policzku. Uśmiechnął się przez sen.

Jej serce przepełniała miłość do Heino. Dziwne, że dopiero teraz to sobie uświadomiła.

Na wiele spraw było już za późno, ale wiele dopiero się zaczynało. Bała się, ale zarazem czuła się silna.

Chyba jednak była podobna do matki: była dumna. Umiała trzymać głowę wysoko. Nigdy, przenigdy nie zamierzała się poddać.

Ani ze względu na siebie, ani na Heino. Nigdy.

Rozdział 5

Życie toczyło się dalej. Drwale pracowali w lesie. Wypełniali zawarte dawniej umowy. Z niektórymi kontrahentami odnawiali zamówienia, inni już nie chcieli współpracować z Heino.

On sam nadal leżał.

Rozmawiał z Josefem, ale decyzje pozostawiał Mai. Ona pytała o radę Josefa, który często nie znał odpowiedzi. Było jej trudno.

Nadszedł dzień, w którym Josef opowiedział Heino o tym, jak wrócił do domu w powozie Runefeltów.

– Co miał z tym wspólnego Runefelt? – spytał. Brązowe oczy Heino przyparły Maję do muru. Czasami myślała, że jedyną naprawdę żywą częścią jego ciała są oczy.

– Przyjechał tamtej nocy – odparła. – Byłam wtedy u umierających. Chciał kupić las.

– I dlatego pozwoliłaś, żeby jego woźnica odwiózł mnie ich powozem?

Nigdy nie przypuszczała, że Heino może wypowiadać słowa tak lodowatym tonem.

– Był z nim jego syn – mówiła dalej ze stanowczym postanowieniem, że nie pozwoli się wyprowadzić z równowagi. – Przysłał do ciebie lekarza, zanim mnie to przyszło na myśl. Nie mogłam odmówić.

– A więc leczy mnie nadworny lekarz Marcusa Runefelta?

– Tak, doktor Bergfors – potwierdziła. – I jest cholernie dobrym lekarzem. A jeśli ci to ulży, to wiedz, że mu zapłaciłam. Więcej, niż by dostał gdzie indziej. Ja też nie chcę jałmużny.

– A co z powozem?

– Musiałeś zostać przewieziony do domu jak najostrożniej. William Runefelt zaproponował powóz. Przecież nikt inny w okolicy nie ma krytego powozu!

– Rozumiem, że dużo rozmawiałaś z młodym Runefeltem?

Umyślnie nie zwróciła uwagi na jego złośliwy ton.

– On nie jest podobny do ojca – rzuciła. – A to była na pewno ostatnia przysługa, którą od nich przyjęliśmy.

– Runefelt zawsze będzie Runefeltem – stwierdził Heino. – Oni zawsze każą sobie spłacić dług co do grosza. Mają to we krwi. Zapamiętaj moje słowa, Maju, oni jeszcze na pewno dadzą o sobie znać!

Okazało się, że Heino miał rację. Kilka dni później przyjechał doktor Bergfors. Maja wpuściła go z wahaniem.

– Jak pacjent? – spytał, pozwalając Mai wziąć płaszcz i kapelusz.

– Leży – odparła.

– Nie mogłem go tak zostawić. Nigdy przedtem nie miałem takiego przypadku.

– Tak, pewnie u Runefeltów takie rzeczy się nie zdarzają – wymknęło się Mai. Czuła, że to nie było uprzejme, i zagryzła usta. Nie musiała być złośliwa. Ten człowiek, o ile zrozumiała, przyjechał tu z własnej nieprzymuszonej woli.

Zaprowadziła go do Heino.

– Kto to, u diabła? – Heino też nie był specjalnie przyjemny.

– Lekarz.

– Nadworny lekarz Runefeltów? – spytał szyderczo Heino.

– Tak mnie niektórzy nazywają – odpowiedział Bergfors nieporuszony.

– Czego chcesz? Zobaczyć, czy niedługo zdechnę? Czy to dlatego stary cię tu przysłał?

– Przyjechałem z własnej inicjatywy – odparł lekarz. – Między innymi po to, żeby zdjąć miarę na gorset.

– Czy to nie to, czego używają kobiety? – spytał podejrzliwie Heino. – Bo ja żadną babą nie jestem, mimo wszystko!

– Czy chcesz móc siedzieć? – spytał Bergfors.

Heino skulił się. Fakt, że musi leżeć, przysparzał mu cierpień. Maja wiedziała o tym, mimo że on nie wspomniał na ten temat ani słowem.

- A będę mógł?

Lekarz wzruszył ramionami.

- Według mnie wszystko zależy od ciebie. Wcześniej nie byłeś tchórzem, dlaczego miałbyś się teraz bać?

- Wcześniej nie było powodów - Heino lubił mieć ostatnie słowo. Westchnął głośno. - Nie podoba mi się to. Nigdy nie przypuszczałem, że będę leczony przez lekarza Runefeltów. Ale skoro już przejechałeś tak długą drogę, dam ci do zbadania moje nędzne ciało. Przecież nie mogę ci uciec... No i mam jeszcze jedno pytanie. - Spojrzał na Maję. - Kochanie, czy mogłabyś wyjść? Już i tak jest mi trudno. Będę się czuł lepiej, jeśli to pozostanie między mną a tym panem. I może jeszcze starym Runefeltem.

Twarz Bergforsa pozostała nieporuszona.

Maja wyszła.

Dziewczyny, które miała do pomocy, nie mieszkały u niej. Nie potrzebowała ich ani późno wieczorem, ani wcześnie rano. Nie czuła się swobodnie, gdy obce osoby wchodziły jej w drogę.

Ale gdy weszła do salonu, ujrzała, że nie jest sama.

William Runefelt zerwał czapkę z jasnych włosów.

Maja zapomniała, że jako pani domu powinna okazywać gościnność.

- Co, u diabła, tu robisz? - syknęła.

Uśmiechnął się niepewnie, ale wydawało się jej, że widzi błyski w jego oczach. Ale to może od światła lampy migoczącej w przeciągu. Zamknęła za sobą drzwi.

- To bezczelność - zaczęła szeptem, żeby Heino jej nie usłyszał.

William położył palec na ustach, a Maja ku swemu zdziwieniu usłuchała.

- W powozie było zimno - oznajmił - a nie chciałem, żeby mnie ktokolwiek widział.

- Co, masz na tyle poczucia przyzwoitości? Nie chcesz, żeby cię ludzie widzieli? Ale po co, u diabła, w ogóle przyjechałeś? - spytała z rumieńcami gniewu na policzkach. - Przecież nawet twój ojciec zrozumiał, że nie sprzedamy lasu!

- Nie dbam o to... - zamilkł. Może powiedział coś, czego nie powinien zdradzić?

Maja dopiero teraz dostrzegła, że był ubrany jak inni, prosto, w ciemne ubranie. Bardziej wyglądał na woźnicę niż na syna Runefelta.

Woźnica...?

Zwróciła uwagę na skrzynkę, którą położył przed sobą na stole. Była podłużna, o długości ramienia, węższa z jednego końca.

- Tu nie chodzi ani o mojego ojca, ani o twojego męża, Mario - mówił. - To jest ważniejsze niż ten ich zatarg. Chcę cię spytać, czy mogę przechować tę paczkę u ciebie.

- Dlaczego?

- Bo nie mogę trzymać jej w domu.

- Czy to coś niebezpiecznego?

Dźwięczały jej w głowie słowa Heino, że Runefeltowie zawsze domagają się spłaty długów.

- Poniekąd - odparł. - Nikt nie może znaleźć jej u mnie.

- Jest niebezpieczna dla mnie lub Heino?

- Nikt tu nie będzie jej szukać - odpowiedział, nie spuszczając z niej poważnego wzroku.

- Ktoś może jej szukać?

Pokiwał głową.

- To ty powoziłeś? - spytała, chcąc zyskać na czasie.

- Tak. Podoba ci się przebranie?

- Lekarz też jest w to zamieszany? Czy dlatego tu przyjechał, żebyś miał pretekst?

– On tu przyjechał do twojego męża, Mario. Ja zaproponowałem, że go odwiozę. Zawsze mogę powiedzieć, że zrobiłem to dla rozrywki.

– Jeżeli się zgodzę – powiedziała powoli Maja, nie mając pojęcia, dlaczego miałaby być aż tak niemądra – czy będzie to długo trwało?

– Mamy nadzieję, że nie – odparł, zdradzając, że nie działa sam.

– Krócej niż rok?

– O wiele krócej.

– No dobrze – zdecydowała. – Mam nadzieję, że kiedyś się dowiem, co to jest.

Odetchnął z ulgą.

– Może – odrzekł powoli. – Może, Mario. Tam, gdzie to schowasz, musi być sucho.

Maja pokiwała głową. Przeszedł ją dreszcz. Chyba wiedziała, co może być w paczce, ale nie miała pojęcia, dlaczego ją poprosił o jej schowanie.

– Nie chciałem nikogo w to mieszać – mówił dalej William. – A na pewno nie kobietę. Ale w naszych czasach trudno komuś wierzyć. Zwłaszcza ludziom z moich kręgów.

– Więc przyjechałeś do mnie, bo winna ci byłam przysługę?

– Nigdy tak nie pomyślałem! – zaprotestował.

Maja pozostała przy swoim zdaniu.

– To, co robiłaś wtedy, gdy zatonęły łodzie, przekonało mnie, że jesteś kobietą odważną i z sercem otwartym dla innych. To ważne. Dlatego pomyślałem, że mogę ci powierzyć tę skrzynkę.

Wstał. Podniósł paczkę.

– Zaniosę ją, jest bardzo ciężka.

Maja myślała szybko. Musiało być to miejsce, gdzie

nie kręci się służba. Zapieczętowana skrzynka mogłaby wzbudzić czyjąś ciekawość.

Zaprowadziła Williama do pokoju, gdzie stały krosna. Był mały i pełny materiałów, których zamierzała użyć do tkania gobelinów. Dziewczęta nie miały tu wstępu, to było wyłącznie jej terytorium.

Maja zdążyła otworzyć szafę, ale William Runefelt wsunął skrzynkę pod stos gałganków, jakich było tu kilka.

– Czasem najlepiej jest chować rzeczy na wierzchu – powiedział. – Nikt nie będzie tu dokładnie szukał.

Maja nie wpadła na to. Ale wyglądało, że on się nie mylił. Czasami nie dostrzega się tego, co się ma przed oczami.

– Nie wiedziałem, że jesteś artystką – rzucił, przyglądając się jej tkaninie rozpiętej na krosnach.

Maja wyszła z pokoju, wynosząc lampę. Nie chciała, żeby ten obcy człowiek, syn najważniejszego człowieka w Västerbotten, widział jej prace. Były zbyt osobiste.

– Wszystkie kobiety tkają – rzuciła krótko. Jednak czuła, że się zarumieniła. Ucieszyło ją, że ktoś docenił jej zdolności. Ale on nie powinien się o tym dowiedzieć.

– Nie te, które znam – odrzekł cicho. – One... haftują – dodał z obrzydzeniem w głosie, jakby nie cenił zbyt wysoko kobiet ze swej klasy.

Maja chciała powiedzieć coś w ich obronie, ale nie zdążyła.

Drzwi zewnętrzne nie były zamknięte. Zdarzało się, że Maja po prostu o tym zapominała. Tutaj ludzie nie kradli.

Otworzyły się i wszedł ciemnowłosy, niski mężczyzna odziany w skóry.

Maja stała chwilę nieruchomo, nie mogąc uwierzyć własnym oczom, a potem rzuciła się przybyszowi na szyję. Śmiała się i płakała jednocześnie, ściskała go, głaskała po policzku, wciąż go obejmując.

– Tak bardzo pragnęłam, żebyś się zjawił, Ailo! – powiedziała wreszcie, spoglądając mu w oczy.

– Chyba jeszcze bardziej, moja Maju – odparł z powagą. – Jeszcze nigdy tak mocno nie czułem, że mnie potrzebujesz. Że muszę tu przyjść.

Maja pokiwała głową.

– Nie miałam nikogo innego – potwierdziła cicho. – Zupełnie nikogo. A to był jedyny sposób, żeby do ciebie dotrzeć...

– Co tu się dzieje? – zastanowił się Ailo, wypuszczając Maję z objęć. Rozejrzał się za mężczyzną, z którym rozmawiała siostra, gdy wszedł, ale korytarz był pusty.

William Runefelt skorzystał z okazji, żeby zniknąć.

– Kto to był?

– Woźnica lekarza – skłamała Maja bez zająknienia.

– Coś się stało z Heino?

Maja zaprowadziła brata do kuchni i opowiedziała mu o wszystkim.

Ailo siedział oparty o ścianę. Oczy omiatały wzrokiem kuchnię Mai. Duże palenisko, biały piec, półki z miedzianymi garnkami, szafki z drewnianymi drzwiami. Firanki. Maja miała w kuchni firanki! Pomieszczenie było tak duże jak cały dom Reijo.

Świat Mai.

Ktoś schodził po schodach. Maja zerwała się na nogi i wyszła na korytarz.

Ailo usłyszał kogoś mówiącego po szwedzku. Trochę rozumiał ten język.

– Zbadałem go – mówił Bergfors. – Nie można zbyt wiele tu zrobić. Nic nie czuje od piersi w dół, tak jak wcześniej ustaliłem. Nikt mu już nie pomoże.

- Ale przecież nie może tylko leżeć - odparła Maja ostro. - Mówiłeś mu to?

Lekarz nie chciał odpowiedzieć. Ci okaleczeni, których znał, właśnie tylko leżeli. Nie zaliczali się już do świata normalnych ludzi. Co mieliby w nim do roboty? Bez władzy w kończynach, stale pamiętając o swoim nieszczęściu? Już lepiej, żeby byli izolowani; także dla otoczenia. Po co ciągle sobie przypominać o wypadkach i chorobach? Jak by to było, gdyby przebywali wśród innych? Byli przecież tacy... nieestetyczni.

Ta kobieta pewnie nie zna tego słowa, więc nie ma sensu jej tego tłumaczyć.

- Zdjąłem z niego miarę - odpowiedział w końcu. - Zamówię gorset, który pomoże mu utrzymać pozycję siedzącą.

Maja pokiwała głową.

- Przywiozę go, gdy będzie gotów.
- Może weź wtedy innego woźnicę - wyrwało się Mai.
- Przecież nie mogłem mu odmówić - odparł lekarz zmieszany. - Miał taką zachciankę. Ci młodzi!
- No tak, nie mogłeś odmówić - zgodziła się Maja, podając lekarzowi płaszcz. Bergfors był na chlebie Runefeltów. Wiedziała, że nigdy by nie przyznał, ale właściwie nie różnił się od dzierżawców mieszkających wzdłuż rzeki.
- Teraz śpi - dodał lekarz, wkładając kapelusz. - Nie będzie mu łatwo. Życie mu się odmieniło. - Spojrzał na Maję. - Szkoda, że nie macie dzieci. Tobie też by to dobrze zrobiło. Chyba z tym jest mu się najtrudniej pogodzić.

Maja przełknęła ślinę. To właśnie przeczuwała w głębi serca i tego obawiała się najbardziej.

I nie było nadziei. Po ich ostatniej wspólnej nocy miała już comiesięczne krwawienie. Ale może to nigdy nie miało się udać? Może to ona była bezpłodna?

Cicho weszła schodami na górę do ich sypialni. Lampa się nadal paliła. Przesunęła ją dalej od łóżka, żeby się nie przewróciła i nie podpaliła pościeli. Zaczęła teraz zwracać uwagę na takie szczegóły.

Heino spał. Albo udawał.

Maja posiedziała u niego chwilę. Uścisnęła lekko dłonie, pogładziła po policzkach. Była przepełniona czułością do niego. Planowała, jak go przywróci do życia. Ten żelazny gorset był pierwszym krokiem. Heino powinien mieć po co żyć, już ona o to zadba.

Ailo nadszedł za nią cicho. Stanął w progu. Patrzył na nich.

Mała, silna Maja. Wola ze stali w drobnej kobiecie. Ogień w spojrzeniu. I Heino, który był mężczyzną o mocnych rękach. Teraz żyła tylko jego twarz okolona ciemnymi włosami. Dłonie leżały bezczynnie na kołdrze.

Można było poczuć się bezradnym.

Maja wstała i wyszła po cichu. Drzwi zostawiła uchylone. Gdyby Heino się obudził i potrzebował jej, usłyszałaby wołanie. Powinna zainstalować dzwonek na sznurku. Na razie bała się, że mógłby się poczuć tym dotknięty.

– Co się u ciebie działo? – spytała Maja, gdy już znów siedzieli w kuchni. Ailo najbardziej podobało się właśnie to pomieszczenie. – Wiem, że pobraliście się z Idą. Wiem też, że był jakiś wypadek, coś z wodą...

Ailo nie zdziwiło, że Maja o tym wiedziała. Było to oczywiste. Jedząc, opowiadał, że właśnie jest w drodze do domu. Nie zostanie długo, bo musi do swoich. Musi się z nimi pogodzić, zanim nadjedzie Ida.

Maja kiwała głową ze zrozumieniem. Ale nadal była przekonana, że niedobrze się stało, że Ailo i Ida się pobrali. Raija i Mikkal nigdy nie należeli do siebie, mimo że się kochali całe życie. Może to i miało romantyczne przesłanie, że ich dzieci miały być ze sobą szczęśliwe. Ale Maja wiedziała, że coś w tym jest nie tak. Przeczuwała ból.

Ale to musiała nieść sama. Tego nie mogła powiedzieć Ailo.

– Potrzebuję cię, żebyś pomógł mi natchnąć Heino do życia – wyznała. – Nie mogę pozwolić, żeby tak wiądł w pościeli.

– Do jakiego życia? – zastanawiał się Ailo. Rozumiał, co Heino mógł teraz czuć, rozumiał, że szwagier wolałby nie żyć.

– Kocham go – stwierdziła Maja z przekonaniem. – Kocham tego człowieka, Ailo. I wiem, że nie pozwolę mu tak leżeć całe życie. Znów będzie pracował. Wypełni swój czas czymś wartościowym.

Ailo się nie sprzeciwił, mimo że z trudem to sobie wyobrażał.

– I potrzebuję cię – dodała, patrząc na Ailo z oddaniem. – Potrzebuję kogoś mojej krwi. Kogoś, kto zrozumie mój ból i strach, i pragnienie śmierci...

Milczał, bo nie mógł znaleźć słów, które byłyby w stanie ukoić jej rozpacz.

– A jak się ma Reijo? – spytała niespodziewanie.

Rozdział 6

Przez cały tydzień w okolicy mówiono o wizycie jednego z królewskich ministrów u Marcusa Runefelta. To było wydarzenie.

Ale szczególnie podniecający okazał się fakt, że ludziom towarzyszącym ministrowi zginęła broń. Pięć pistoletów.

W towarzystwie Ailo Heino miał lepszy humor. Rozmawiał z nim w inny sposób niż z Mają. Jak mężczyzna z mężczyzną.

– Wolałbym umrzeć – rzucił. Dni mu się dłużyły. Miał się na tyle dobrze, że już nie sypiał w dzień. Trudno mu było wypełniać czas.

– Też bym tak czuł – odparł Ailo. Wiedział jednak, że to nie Heino jest powodem jego przybycia do Finlandii. Siedzenie w zamkniętym domu napełniało go niepokojem. To nie mogło być tym powodem. Nie jedynym.

– Wszystko zainwestowałem w las – mówił dalej Heino. – Wszystko. Kupiłem więcej, niż to było rozsądne. To miało się zwracać latami. Ale kto mógł przypuszczać, że dojdzie do wypadku, po którym stanę się kaleką?

– Czego byś chciał?

– Umrzeć – odparł Heino gorzko. – Nie, może i nie – dodał po chwili. – Jakie to dziwne, że człowiek trzyma się życia pomimo wszystko. Sam nie wiem, czego chcę od siebie, od tego, co ze mnie pozostało. Zapytaj Maję! Ona zawsze zna odpowiedź.

Obaj wiedzieli, że Maja i Josef Haapala siedzieli piętro niżej i rozmawiali o drewnie i lesie. Josef powiadomił Heino, że otrzymali ofertę od nowego kupca, która mogła przynieść dużo pieniędzy. Heino przekazał sprawę Mai, nawet nie chciał przysłuchiwać się dyskusji.

– Handel drewnem może być twoją przyszłością – rzucił ostrożnie Ailo. – Maja przecież ani razu nie była w lesie, kierowała wszystkim stąd. Ty też byś tak mógł.

– To nie tak miało być – zaprotestował Heino. – Nie miałem być panem. Chciałem pracować razem z ludźmi, pocić się wraz z nimi. Mieć na dłoniach odciski i pić tę samą kawę, co oni. Nie chciałem siedzieć na jedwabnych poduszkach i podpisywać papiery. Ty to rozumiesz, Ailo, bardziej niż ktokolwiek! Tak długo byłem wolny i niezależny. Miałem nadzieję, że złoto mi to zapewni na resztę życia. – Zaśmiał się głucho. – A teraz jestem całkowicie zależny od innych. Przykuty do łóżka. Przywiązany do pięknej kobiety, która miałaby teraz lepsze życie beze mnie. Powinna była zostać w Jykeä, nad fiordem. Może zaznałaby szczęścia? Może on by się ugiął?

– Reijo? – spytał Ailo.

– Co, też się domyślałeś? – Heino uśmiechnął się, zmęczony. – Maja sądziła, że jej tajemnica jest bezpieczna. To prawda, nikt jej nie zdradził poza nią samą.

– Najlepsza rzecz, jaka się Mai przydarzyła, to wyjazd z tobą – stwierdził Ailo z przekonaniem. – I musisz wiedzieć, że na pewno nie jest przy tobie z litości, Maja nie jest taka. Ona cię bardzo kocha. Wszystko robi z miłości.

Heino uśmiechnął się blado znad poduszki.

- No, tak - rzucił. - Teraz to robi z miłości. Ale co będzie za rok? Co za trzy? Za dziesięć? Czy nadal będzie opiekować się mną z miłości? Jestem i pozostanę dla niej ciężarem. Jestem od niej całkowicie zależny. To cholerna świadomość. A co, u diabła, mogę jej zaoferować? Nie jestem dla niej mężczyzną. Zwłaszcza nie w łóżku. Nie mogę się z nią kochać. Nie mogę dać dzieci. Jaka kobieta wytrzymałaby takie życie?

- Jeżeli w ogóle jakaś, to właśnie Maja. Jak na kobietę jest niezwykła.

- Chciałbyś tak leżeć? - spytał Heino. - Wiedząc, że Ida miałaby spędzić przy tobie resztę życia?

Ailo nie odpowiedział. Ten przykład podziałał mu na wyobraźnię.

- Wydaje się, że twoim ludziom ciebie brakuje - rzucił.

- Jak długo jeszcze? - spytał Heino gorzko. - Pewnego dnia stanę się dla nich tylko biedakiem, który ledwo może siedzieć. Oni są mężczyznami o sprawnych dłoniach i nogach, tak jak ja kiedyś. Byliśmy sobie równi. Wcześniej czy później zrozumieją, że jestem od nich gorszy.

- Nie wmawiasz sobie tego?
- Dla mnie to prawda.

Zapadła cisza. Przerwał ją Heino.

- Gdybym cię o coś poprosił, Ailo, pomógłbyś mi? Pomógłbyś mi się z tego wydostać? Dał mi możliwość... skończenia z tym?

Ailo oczekiwał takiego pytania, mimo to aż go ukłuło. Heino był mężczyzną. Leżał i wiądł w pościeli, ale nadal był mężczyzną.

- Dać ci nóż? Żebyś mógł nim przeciąć żyły? Czy o taką pomoc prosisz?

Heino pokiwał głową.

- Są dni, gdy jestem tak zdesperowany, że wydaje mi się to jedyną drogą wyjścia. Wtedy miałbym przed sobą niebo albo piekło, przynajmniej dwie możliwości. Tu mam tylko jedną: wieczne nic.

Ailo zaprzeczył ruchem głowy.

- Zrobisz to dla mnie? Okażesz się przyjacielem i zrobisz to?

- Nawet twój najlepszy przyjaciel nie pozwoliłby na to, Heino. Ja nie chcę ci w tym pomóc. Uważam, że potrafisz jeszcze czegoś dokonać. Jeżeli zechcesz. Wszystko zależy od ciebie, nie od Mai. Ona ci wszystko ułatwia i może to jest błąd. Może za dużo bierze na siebie. Czy pomyślałeś o tym, że ona nagle przejęła prowadzenie spraw, o których nie ma pojęcia? I całkiem dobrze jej to wychodzi. Twoi ludzie są zadowoleni. Ale wiele ją to kosztuje. I dba o ciebie lepiej niż rodzona matka. Maja robi cholernie dużo dla ciebie. Robi to z miłości, ale to ją kosztuje. Jeżeli uciekniesz stąd, do nieba czy do piekła, jak mówisz, nie zdejmiesz z niej odpowiedzialności. Ale możesz znów być sobą. Na tyle, na ile ci się uda. Robić to, co jesteś w stanie. Głowę przecież masz nieuszkodzoną. Tylko w ten sposób możecie się spotkać w połowie drogi. Tak możesz jej okazać, że ją kochasz.

Heino uśmiechnął się krzywo.

- Maja lepiej by tego nie powiedziała. Choć pewnie nigdy by się na to nie zdecydowała. Nie chce mnie niepokoić. Nigdy mi nie mówi, że jest zmęczona. - Westchnął. - Myślisz, że tego nie wiem? Że nie wiem, jakim jestem ciężarem, niezależnie od tego, co zrobię? Nigdy nie będzie tak, jak kiedyś. Nigdy. To po prostu niemożliwe. I nigdy się nie polepszy.

- A więc odpuść sobie las, wszystko. Sprzedaj temu bogatemu... jak mu tam?

– Sprzedać Runefeltowi? Nigdy!

– Więc Maja ma nadal męczyć się po to, by zrealizować twoje marzenia? – Ailo z uśmiechem potrząsnął głową. – Chyba źle oceniasz moją siostrę. Ona teraz robi to wszystko, bo uważa, że nie jesteś jeszcze w stanie pracować sam. Ale później nie będzie chciała tracić w ten sposób życia. Aż tak nie lubi lasu.

Heino westchnął. Też znał Maję na tyle, by wiedzieć, że to prawda.

Maja z wypiekami na twarzy wbiegła po schodach tak lekko, że aż coś ukłuło Heino w sercu. Przypomniał sobie, że jest unieruchomiony.

– Josef przekazał mi świetną ofertę. Pewien Åkerblom jest zainteresowany handlem z nami. Nie chce mieć do czynienia z Runefeltem.

– Do czego mu potrzeba drewna?

– Do budowy statków.

– Åkerblom? – zastanawiał się Heino. – Nigdy o nim nie słyszałem. Może jest Szwedem, który przyjechał tu w latach, gdy byłem w Norwegii. Wielu z nich osiedliło się po tej stronie rzeki.

– Jest pewna trudność – rzuciła Maja.

– Tak?

– Chce rozmawiać z którymś z nas. Ale nie może przyjechać na północ. Chce się z nami spotkać w Oulu. Uleåborg – dodała szwedzką nazwę miasta. Tak, jak przekazał jej Josef.

– Możni tak postępują – stwierdził Heino ze znajomością rzeczy. – Rzadko przyjeżdżają do biedaka, który chce coś sprzedać. Trzeba jeździć do nich.

– Nie powinniśmy zajmować się małymi zamówieniami – rzekła Maja. – Takie zamówienie to dużo pracy, a mało zysku.

Heino mrugnął do niej.

– Szybko się uczysz – stwierdził z uznaniem. – Powiedziałaś Josefowi, żeby pojechał?

Maja potrząsnęła głową.

– Dlaczego nie?

– On by go nie przekonał – odparła.

– Jest tak, jak mówię: szybko się uczysz. Josef Haapala nigdy nie byłby w stanie sprzedać czegoś człowiekowi o nazwisku Åkerblom. I tak za słabo mówi po szwedzku. – Heino zamilkł na chwilę. – A czy kobieta potrafi dojść do porozumienia z człowiekiem, który ma pieniądze na budowę statków?

– Obawiam się, że to jest nasza jedyna szansa – westchnęła Maja. – Chyba że zrezygnujemy z zamówienia.

– I co, damy do zrozumienia, że nie jesteśmy zainteresowani sprzedażą?

Maja wzruszyła ramionami. Bała się. Heino prowokował ją do podjęcia decyzji, którą właściwie już podjęła.

Serce biło jej mocno. Po raz pierwszy Heino wykazał zainteresowanie handlem. Zwykle nawet nie odpowiadał na jej pytania. Odprawiał ją, mówiąc, żeby sobie sama poradziła.

Teraz myślał o nich. Nie używał tego zimnego i samotnego „ty". Mówiąc o handlu, powiedział „my"!

– To długa podróż, co najmniej dwa dni – zastanawiała się Maja. Nie podobało jej się to, mimo że sama przygoda ją pociągała.

– Z pewnością możesz pożyczyć powóz od twojego przyjaciela, młodego Runefelta – wymknęło się Heino. Trafił celnie. – Przepraszam – powiedział za chwilę. Przez twarz przemknęła mu chmura.

Także Maja pobladła, jej oczy stały się bezdennie ciemne.

- Przepraszam, moja Maju! Nigdy tego nie powinienem był powiedzieć. Ale nachodzi mnie tyle głupich myśli, kiedy tu leżę. Ale i to mnie nie usprawiedliwia. Naprawdę nie chciałem cię zranić. Przecież mamy wozy, a już jest ciepło. Nic nie szkodzi, że nie mają dachu i ścian. Przenocujesz w Tornio. Nie będziemy oszczędzać, gdy żona Heino Aalto jedzie w podróż w sprawach służbowych.

Maja przełykała gorycz. To, co wyszło z ust Heino, kłuło jej serce jak kolce pięknych róży. Wtedy, gdy to mówił, tak właśnie myślał. Powiedział to właśnie po to, żeby ją zranić.

Najgorsze, że miała nieczyste sumienie. Że coś musiała przed nim przemilczeć. To, co schowała w pokoju tkackim.

Pistolety ministra?

Maja nie wiedziała. Nie chciała wiedzieć. Dopóki nie wiedziała, nie brała na siebie odpowiedzialności. Może to i złe usprawiedliwienie...

- W porządku - odpowiedziała. - Zapomnijmy o tym. Ja już zapomniałam.

Oboje wiedzieli, że kłamała. Nie była w stanie zapomnieć, nigdy nie umiała. Finlandia w niej tego nie zmieniła.

- Powinnaś chyba wyruszyć za kilka dni - uznał Heino. - Jest tu Ailo. Dziewczyny gotują i sprzątają. Parobek obrządza zwierzęta. Czego mi może brakować?

Nie wiedziała, co odpowiedzieć.

- Może przy okazji odbierzesz moją żelazną kamizelkę? Jak będziesz przejeżdżać przez Tornio, zajrzysz przecież do tego łapiducha.

Heino nie chciał używać słowa „gorset", było kobiece. Miał dostać kamizelkę, a trudno wszak o materiał bardziej męski niż żelazo.

Przygotowania do podróży trwały kilka dni. Maja zdawała sobie sprawę, że to za długo, ale nie chciała, żeby Heino poczuł się opuszczony, zostawiony na pastwę losu.

Dręczyły ją wyrzuty sumienia.

Jeden z ludzi Heino miał być jej woźnicą. Maja uważała, że to niepotrzebne, przecież powoziła już wcześniej. Ale Heino twierdził, że nie wypada, by jechała sama. Na pewno nie w tej sprawie. Powinna sprawiać wrażenie, że stoi za nią ktoś ważny, a nie jechać jak jakaś dziewczyna na posyłki.

Maję zabolały słowa Heino. Dobrze wiedziała, że nie urodziła się do takiego życia. Znała swoje korzenie. Do tej pory nie wstydziła się ich, i teraz też nie będzie. Oboje pochodzili z biednych rodzin, ale to nie czyniło ich mniej wartościowymi.

Były to nowe i niebezpieczne myśli w czasach, gdy różnice klasowe ograniczały każdy krok w życiu.

Wyruszyła przy ładnej pogodzie. Zrobiło się już zielono. Maja uścisnęła Heino mocniej niż zwykle, ucałowała. On zbywał jej pieszczoty, wydawało się, że żona je na nim wymusza. Dawał wyraźnie do zrozumienia, że napięcie erotyczne pomiędzy nimi już umarło.

– Boję się – wyznała.

– To nic strasznego – uspokajał ją. – Po prostu bądź sobą, tylko to się liczy. I nie pozwól, żeby ten ktoś zyskał przewagę. On chce kupić to, co my mamy na sprzedaż. Pamiętaj o tym i nie przejmuj się, jeśli zacznie używać słów, których nie zrozumiesz. Zwykle mówią wtedy coś, co i tak nie ma znaczenia, tylko po to, żeby ukryć prawdę.

Maja czuła się zagubiona, kiedy tak siedziała na wozie. Powoził chłopak imieniem Penti. Znał się na koniach, ale nie był rozmownym towarzyszem podróży.

Maja rozglądała się wokół. Krajobraz nie różnił się zbytnio od Tornedalen: nadal szerokie niziny i ciemne lasy świerkowe ciągnęły się aż po niebieskie niebo, nie oddzielone od niego ani pagórkiem.

Rzeka, szeroko i spokojnie płynąca wzdłuż drogi, dawno temu była granicą pomiędzy dwoma państwami: Szwecją i Finlandią. Teraz wszystko było szwedzkie. Ale rzeka nadal stanowiła granicę pomiędzy narodami.

Krajobraz był otwarty.

Reijo opowiadał, że Raija nigdy nie oswoiła się do końca z górami przy fiordzie Lyngen. Czuła, że ją osaczają, ograniczają. Możliwe, że natura mogła tak działać na człowieka. Jeśli był na to podatny.

Raija na pewno była.

Maja też. Ten krajobraz różnił się bardzo od gór, które tak kochała, od fiordu, na który lubiła patrzeć, który nigdy nie był taki sam.

Tu było inaczej, ale też ładnie. Otwarte przestrzenie miały swój czar, który podziałał na Maję. Podobało jej się tu. Przecież chciała należeć do tego kraju. Mogła zapuścić korzenie w wielu miejscach. Osada przy norweskim fiordzie miała szczególne miejsce w jej sercu. Ale Tornedalen też stało się jej domem.

Przybyli do Tornio wczesnym wieczorem. Dawny znajomy Heino miał w okolicy gospodarstwo, tam miała przenocować. Maja kiedyś spotkała owego znajomego i jego rodzinę. Zjadła z nimi kolację, rozmawiając uprzejmie. Była zadowolona, że mogła wcześniej wstać od stołu, usprawiedliwiając się, że jutro musi rano wyruszyć.

Po raz pierwszy ujrzała pałac Marcusa Runefelta. Zrozumiała, dlaczego Heino trudno było go opisać. To trzeba było zobaczyć na własne oczy.

Przed oczami stanęły jej ubogie chaty dzierżawców na jałowych poletkach ziemi.

Mogła też zrozumieć gorycz Heino. Marcus Runefelt zachowywał się tak, jakby cała Finlandia, a przynajmniej fińska część Västerbotten była jego własnością.

Nie było w porządku, że w ręku jednego człowieka spoczywała taka władza i bogactwo.

To do takiego właśnie świata urodził się William Samuli Hugo Runefelt. Dlaczego mu to nie wystarczało? Dlaczego musiał wedrzeć się do jej świata, świata ludzi prostych?

Miała aż nadto swoich spraw. Nie potrzebowała poznawać jego poglądów.

Dobrze było mieć zaplecze w postaci tego dużego domu z widokiem na Zatokę Botnicką.

Nie rozumiała, dlaczego tak często Runefeltowie okupowali jej myśli.

Celem jej podróży był Uleåborg, jak Szwedzi przemianowali fińskie Oulu.

Odnalazła siedzibę firmy Åkerblom. Czekał tam na nią powóz. Pracownik biura przekazał jej, że pana Åkerblom nie ma w Uleåborg. Przysłał po nią powóz, żeby zawieźć ją na nabrzeże. Tam czeka łódź, która przewiezie ją do jego posiadłości na wyspie Hailuoto. Nie musi się obawiać długiej podróży, jeśli źle znosi morze. Na wyspie oczekuje ją drugi powóz.

Nie tego spodziewała się Maja. Sądziła, że porozmawia z Åkerblomem w Ouli, a nie że będzie musiała przeprawiać się na jakąś wyspę. Heino miał rację: bogaci stawiali warunki. Ale skoro zajechała już tak daleko, nie cofnie się teraz i nie wróci z nie załatwioną sprawą.

– Co z moim woźnicą? – spytała. Nawet jeśli Åkerblom nie zaprząta sobie uwagi służbą, ona na to nie pozwoli.

– On i koń zostaną w Uleåborg – odpowiedział mężczyzna. – Zajmę się tym osobiście.

– Zakładam, że nie będzie to jakaś dziura – odparła Maja ostro. – My traktujemy ludzi po ludzku, niezależnie od tego, do jakiej klasy przynależą.

Może to zabrzmiało zbyt butnie, ale on i tak nie zdąży przekazać jej słów przełożonemu, zanim ona z nim nie porozmawia. Co będą mówić po jej odjeździe, Mai nie interesowało.

– To porządne miejsce – stwierdził rozmówca. – Mogę ci je pokazać.

Maja dała spokój. Pełna mieszanych uczuć weszła do powozu ich przyszłego klienta.

Ruszyła w nieznane.

Objechali zatokę i dotarli na cypel, gdzie czekała łódź.

Nie była duża. Miała miejsce pod pokładem. Załoga złożona z trzech osób pozdrowiła ją uprzejmie, jakby była damą.

Przeprawa nie trwała długo, informacje się zgadzały. Maja nie zdążyła nawet się zastanowić, kim mógł być ten Åkerblom. Wiedziała tylko, że był bogaty, a więc przyzwyczajony, żeby wszystko szło po jego myśli.

Gdy Maja poczuła, że przybijają do lądu, wyszła na pokład. W ręku trzymała torbę podróżną. Nikt by jej zresztą nie pomógł. Z bliska wyspa sprawiała wrażenie większej niż widziana ze stałego lądu. Przybili do cypla. Po lewej stronie zatoki widać było oświetlony budynek. Zapadł już zmierzch. Poza czubkami drzew na tle nieba grającego wszystkimi odcieniami niebieskiego Maja nie odróżniała nic.

– No to jesteśmy – odezwał się jeden z członków załogi po zacumowaniu.

– Czy ktoś tu mieszka na stałe? – spytała Maja, wpatrując się w ciemność. Słyszała konie, ale oczy nie zdążyły się jeszcze przyzwyczaić do ciemności i nie mogła ich dostrzec.

– Pan – odpowiedział mężczyzna. – Kiedy jest w Oulu. No i służba utrzymująca dom przez cały rok.

Maja pokiwała głową. A już sądziła, że Åkerblom mieszka tu przez cały czas. Myliła się. Miała dziwne przeczucie, ale nie zawróci przecież, będąc niemal u celu.

Zeszła na ląd na Hailuoto, wyspę, której Szwedzi nadali nazwę Karlö, wyspa Karola. Mieli przecież tylu królów o tym imieniu.

Znów czekał na nią powóz. Znów milczący woźnica. Pozdrowił ją tylko.

Gdy odjeżdżali od pomostu, Maja ujrzała, że łódź szykuje się do odpłynięcia.

Poczuła silny ucisk w skroniach. Niepokój w żołądku. Ogarnęło ją przemożne wrażenie, że to wszystko nie jest tak, jak być powinno.

I została sama.

Uwięziona na wyspie.

Cóż za bzdury! Maja szybko odsunęła od siebie te myśli.

Oczywiście, że to bzdury. Åkerblom był bogatym handlowcem, a tacy miewają dziwne pomysły. To wszystko.

Heino powiedział przecież, że to normalne. Gdyby była mężczyzną, pewnie by jej to wcale nie zaniepokoiło. Heino podobałaby się ta niespodziewana wycieczka na jedną z piękniejszych wysp w Zatoce Botnickiej. Heino uważałby, że to ciekawe zaproszenie, że zdradza zainteresowanie kupca ich ofertą.

Wszystko to Maja powtarzała sobie w duchu, starając się spokojnie oddychać.

Ale nie była mężczyzną.

Ogarniał ją coraz większy niepokój.

Powóz zatrzymał się przed głównym wejściem. Ujrzała długie schody wiodące do dwuskrzydłowych drzwi. Zapalono światła w oknach na dwóch piętrach, jakby trwało tu jakieś przyjęcie. Ogród pełen szelestu liści ukrywał pomiędzy świerkami oświetloną altankę. O tej porze roku? Wieczory nie były jeszcze przyjemne.

Wysiadła. Woźnica pokazał jej gestem, że ma wejść.

Maja weszła na schody. Liczyła je, idąc. Piętnaście kamiennych schodów z rzeźbioną balustradą. Ozdobne drzwi, też na pewno dzieło mistrza. Mosiężna kołatka. Maja umyślnie jej nie użyła. Nacisnęła klamkę, też z mosiądzu, i weszła do środka.

Zamknęła za sobą drzwi. Oczekiwała, że zaraz zjawi się ktoś ze służby, ale panowała cisza.

Słyszała tylko tykanie zegara. To wszystko.

Maja stała, rozglądając się wokół. Hol był duży. Pośrodku sufitu wisiał żyrandol z płonącymi świecami. Na stolikach wzdłuż ścian stały migoczące lampy, oświetlając piękne przedmioty pochodzące z dalekich krajów, o których istnieniu Maja nawet nie wiedziała. Cudeńka ze srebra. Suszone kwiaty w wazach o przeróżnych kształtach. Malutkie, owalne ramki otaczające starannie wycięte kobiece profile. Obraz na całą ścianę, przedstawiający obcy jej pejzaż z drzewami uginającymi się pod ciężarem owoców, leniwie płynącą rzekę, pięknych ludzi, jedzących i flirtujących na łonie natury, oswojone leśne zwierzęta biorące im pokarm z ręki.

Mai zabrakło tchu z zachwytu. Nigdy wcześniej czegoś tak pięknego nie widziała.

Sądziła, że oni z Heino są bogaci, ale to wszystko przekraczało ich możliwości. Nawet nie mogła o czymś takim marzyć, bo nie wiedziała, że to istnieje.

Znów myśli powędrowały jej do nędznych, szarych domów dzierżawców. Poczuła ukłucie wyrzutów sumienia, bo przez chwilę pragnęła posiadać te wspaniałości. Przecież to nie było w porządku, żeby jedna osoba miała to wszystko na własność.

Ale takie wspaniałości zawsze zaślepiały ludzi. Maja zdawała sobie z tego sprawę, ale wiedziała także, że nie powinna dać się im omamić. Pochodziła z biednej rodziny, ale nie była mniej warta niż ten, który urodził się w takim domu.

Znów poczuła dziecinną ciekawość, kim jest ów Åkerblom.

Nie pojawiała się żadna pokojówka.

Maja postawiła na podłogę torbę. Rozpięła płaszcz, zrobiła parę kroków. Podłoga nawet nie skrzypnęła. Była równie dobrze wyszorowana, jak jej własna. Doskonale wiedziała, ile trudu kosztuje utrzymanie jej w takim stanie.

Miała do wyboru czworo drzwi. I schody prowadzące na piętro, też oświetlone. Ale także i stamtąd nie dobiegał żaden dźwięk.

A może była tu sama?

Znów bzdurna myśl.

Jaki sens miałoby przywiezienie jej tu i zostawienie samej?

Ale przecież łódź odpłynęła!

Chyba nie zacznie się znów bać!

Zamknęła oczy i przeszła przez korytarz. Czuła walenie tętna w skroniach. Jednak ucisk ustąpił, może to coś oznaczało?

Nogi poprowadziły ją do jednych z drzwi. Bez zastanowienia nacisnęła klamkę i weszła.

W kominku płonął ogień. Wzdłuż ścian szły rzędy półek z książkami. Pachniało dziwnie, ale ładnie.

Maja dostrzegła mężczyznę siedzącego w jednym z foteli. Ręce oparł na poręczach. Najwyraźniej czekał na nią.

Gniew wezbrał w Mai potężną siłą. Oślepiła ją wściekłość. To było nadużycie władzy. Zabawa kota z myszką.

– Co, u diabła, ma to wszystko znaczyć, Williamie Runefelt?!

Rozdział 7

Był synem ich najgroźniejszego konkurenta. Człowieka, którego Heino nie cierpiał. I to on ją tu sprowadził, posługując się nędznym kłamstwem!

Dlaczego, Maja nadal nie wiedziała.

– Powód nie jest taki, jak sobie pewnie wyobrażasz – powiedział spokojnym i przyjemnym głosem. – A przynajmniej nie tylko to.

Nosił spodnie, kilkakrotnie obwiązane w talii długim, skórzanym paskiem. Koszulę miał rozpiętą pod szyją, kamizelkę też.

Wyglądało to niedbale, ale bystre oczy Mai dostrzegły, że każdą część ubrania cechowała elegancja, za którą z pewnością trzeba było zapłacić dużo pieniędzy. Takich rzeczy nie kupuje się nawet w Sztokholmie. Musiały pochodzić gdzieś z wielkiego świata.

- Możesz wejść, Mario Aalto. Zdejmij płaszcz i kapelusz i usiądź.

- Najpierw muszę się dowiedzieć, o co tu chodzi - odparła, nie ruszając się z miejsca. - A potem wrócić do Oulu.

- Obawiam się, że to już niemożliwe - odrzekł z niezmąconym spokojem. - Łódź odpłynęła z Hailuoto. Wróci dopiero jutro przed południem. Do tego czasu zmuszona jesteś skorzystać z mojej gościny. Nic nie da stanie w progu.

Maja była nieporuszona.

- Przyjechałaś sprzedać drewno, prawda?

Maja pokiwała głową.

- Tak, ale nie Marcusowi Runefeltowi. Miał to być Åkerblom.

Nawet północne wiatry szalejące w zimie nie były mroźniejsze od głosu Mai.

- Nadal możesz je sprzedać.

- Nie widzę tu żadnego Åkerbloma - odgryzła się Maja. - Tylko Runefelta.

- Ja nie jestem moim ojcem.

- To prawda - odparła. - Ale rozumiem teraz, że ludzie mieli rację. Runefelt zawsze będzie Runefeltem. Wygląda na to, że jesteś równie pomysłowy jak ojciec.

William Runefelt nadal siedział. Zmrużonymi oczami obserwował Maję.

- Åkerblom to nazwisko mojej matki - rzucił. - Mam prawo go używać. Jestem w równym stopniu Åkerblomem co Runefeltem. Może nawet bardziej tym pierwszym.

- To zależy od punktu widzenia - Maja była nieprzejednana. Dłonie, ukryte w kieszeniach płaszcza, zacisnęła w pięści. - Dlaczego mnie tu zwabiłeś? Musiałeś przecież wiedzieć, że to ja przyjadę. Świetnie to zaplanowałeś. Dlaczego?

Dopiero wtedy wstał, ale nie podszedł do niej. Stanął przy kominku i oparł się o niego. Dorzucił kilka szczap i zapatrzył się w ogień.

– Wplątałem cię w coś niebezpiecznego. Chciałaś znać prawdę, pamiętasz?

Spojrzał na nią jasnymi oczami.

– To niewystarczające wyjaśnienie!

– Ja chcę kupować drewno. Chcę rozpocząć własny interes. Może za plecami ojca, ale nie chcę dłużej czekać na przejęcie jego tak zwanego dzieła życia.

– Oczywiście – odparła Maja tonem zdradzającym, że jego tłumaczenie zupełnie jej nie zadowoliło.

– Sądzę, że możemy ciebie, ciebie i Heino, potrzebować w pewnej niebezpiecznej sprawie. A nigdy bym was nie przekonał osobiście. Widzielibyście we mnie tylko syna Marcusa Runefelta.

– Jesteś niezwykle przekonujący – rzuciła Maja. Poczuła, jak ogarnia ją zmęczenie. Ale nie usiądzie za żadne skarby!

Wciągnął głęboko powietrze.

– Ostatni powód na pewno ci się nie spodoba. Ale powtarzam, on nie był głównym... – Spojrzał jej prosto w oczy. – Jesteś najbardziej ponętną i fascynującą kobietą, jaką znam.

– Czy mam paść na kolana i dziękować Stwórcy za to szczęście? – szydziła Maja. – William Runefelt, książę Tornedalen, uważa swoją prostą poddaną za ponętną?

Odwrócił się.

– Sama tego chciałaś.

Odniosła wrażenie, że czuje się dotknięty. Ale może ludzie z jego sfer także to umieją udawać...

– Pragnąłem cię zobaczyć. Miałem możliwość urzeczywistnienia tego pragnienia. Nie postąpiłabyś tak samo na moim miejscu?

– Nie wiem – odpowiedziała Maja. – Nigdy nie byłam na takim miejscu. I nie miałam takiej władzy nad ludźmi. Zwabiasz żonę innego mężczyzny do twojego domu na wyspie. Stąd nie ma wyjścia. Czy tak zamierzałeś prowadzić swój handel? Zwabiając ludzi w pułapki? W ten sposób twoja legenda przewyższy ojca!

– Słyszałaś o Göranie Sprengtporten? – spytał nagle.

Maja pokręciła głową.

– Czy to jeden z twoich klientów? A może taki, który działa jak ty?

– To jest ktoś, kto wierzy w to samo, co ja – odpowiedział William Runefelt. – Jest fińskim arystokratą jak ja i wierzy w wolną Finlandię. Fińską Finlandię. W Suomi bez żadnego szwedzkiego króla ani szwedzkich wpływów. Wierzy w Finów rządzących swym krajem.

Dopiero wtedy Maja usiadła, ściskając poręcze fotela.

– A więc przechowuję pistolety ministra? – spytała pobladła.

Od razu zrozumiała, że to, co uczyniła, nie było tylko oddaniem przysługi obcemu. Wplątano ją w coś, w czym chodziło o władzę większą niż władza Marcusa Runefelta. W coś równie niebezpiecznego jak wojna.

To miało swoją nazwę.

Zdrada.

Zdrada stanu.

Za to można było zostać ściętym.

Ona – Maja z Jykeä – wylądowała w centrum spisku. W środku wielkiej polityki. Chodziło o obalenie króla.

– Ukradłeś je? – spytała.

Potwierdził skinieniem głowy.

– Któż podejrzewałby syna gospodarza? Przecież niedawno wróciłem ze studiów z zagranicy. Tutaj zapomina się, że tam można spotkać wielu oddanych naszej sprawie ludzi, także z fińskiej arystokracji. Nie jesteśmy zadowoleni z rządów tego króla. Za bardzo się tu panoszy. Zapomina, że w tym kraju nigdy nie mieszkał szwedzki naród.

– Sądziłam, że arystokracja jest zadowolona – rzekła Maja. – Wszystko się rozwija. Wszędzie się coś buduje. Większość w imieniu króla, ale nie wydaje się, żeby ludziom z twojej klasy czegoś brakowało.

– Istnieją też wartości niewidoczne dla oczu, takie jak duma i poczucie własnej odrębności. Niedługo fińska arystokracja zniknie, wszyscy staną się Szwedami.

– Czy dla zwykłych ludzi coś się zmieni, jeśli ktoś inny przejmie władzę?

– My na pewno nie będziemy wyrzucać tak wiele pieniędzy z podatków na zabawę w wojny – odparł. – Nie oddamy więcej terytorium i ludzi Rosjanom. Nawet twoi zwykli ludzie będą mieli z tego korzyści, Mario.

Maja pokiwała głową.

Nie wiedziała, czy zniesie takie myśli. Czuła jednak, że chce wziąć w tym udział. Było to ważne. Widziała się w tym.

Wolna Finlandia.

Maja wiedziała także, że również Ailo będzie chciał wziąć w tym udział. O nim pierwszym pomyślała, przed Heino...

– Przyjmuję twoje zaproszenie – rzekła uroczyście. – Wierzę, że wszystko odbędzie się godnie.

Dała w ten sposób do zrozumienia, że może ją nazywać ponętną, ale granice ustanawia ona.

– Oczywiście – odparł. – Długo nazywałem cię Marią. Byłoby dla mnie zaszczytem, gdybyś mówiła do mnie William.

Maja uśmiechnęła się.

– Gdy poczuję, że jest to... naturalne – odparła. – Nie wcześniej.

Przyjął jej odpowiedź.

– Mogę wziąć twój płaszcz?

Maja wstała. Zdjęła płaszcz i kapelusz i podała księciu Tornedalen. Chyba nigdy wcześniej nie pełnił funkcji służącego.

Usiadł z powrotem w swoim fotelu.

– Chyba nie słyszałaś o wojnie drągów? – spytał podniecony.

Maja spojrzała na niego wyczekująco. Spodobało mu się to. Była dobrym słuchaczem.

– To działo się dawno. Sto pięćdziesiąt lat temu. Finlandia długo już pozostawała pod panowaniem Szwedów. Zresztą, to nie była prawdziwa wojna. Jakże by mogła nią być? Ludzie, którzy walczyli drągami...

Uśmiechnął się smutno. Dobrze opowiadał. Wczuwał się w to, co malował słowami.

– Wtedy to chłopi, których tak kochasz, powstali przeciwko ciemiężcy. Ludzie w Österbotten i w Finlandii powstali przeciw gubernatorowi Klausowi Erikssonowi Flemingowi. On nie rządził w jedwabnych rękawiczkach, o, nie! Chłopi zrozumieli, że nie mają wyboru, że gorzej już być nie mogło. Musieli coś zrobić. – Uśmiechnął się krzywo. – Do walki zachęcał ich też książę Karol w nadziei, że przejmie władzę po Flemingu. Arystokracja zwykle woli, żeby ktoś inny wykonał za nią brudną robotę...

– Jak poszło?

– A jak sądzisz? – odpowiedział pytaniem. – Czego może dokonać gromada prostych chłopów z pałkami przeciwko uzbrojonej armii?

To mówiło samo za siebie.

– Klęska – rzuciła Maja. – I surowe kary dla uczestników i dla tych, których podejrzewano o współudział.

William Runefelt pokiwał głową.

– Dobrze myślisz.

– Czy to będzie następna wojna na drągi?

– Nie – odparł. – Tym razem wszystko zostanie zaplanowane. Przez najbystrzejsze umysły tego kraju.

– Zaplanowane – powtórzyła Maja z naciskiem – przez najbystrzejsze umysły arystokracji tego kraju? Czy to wielka różnica?

– Nie sądzę, żeby wojna drągów była w ogóle zaplanowana – odparł William. – Nie mogła być. Chłopi nie wiedzieli, na co się porywają. Nie mieli jasnego wyobrażenia o tym, co chcą osiągnąć. Nawet gdyby wygrali, niewiele by zyskali. Książę Karol odniósłby korzyści ze zwycięstwa chłopów, a nie oni. Obietnice księcia były dość mętne...

– A co wy chcecie zrobić dla chłopów?

– Uczynić ich Finami.

– Jest was wielu?

– Wystarczająco wielu – odpowiedział ostrożnie. – Nie wolno mi mówić o innych, narażać ich. Wiesz przecież, że to wszystko grozi karą śmierci?

– Tak, wiem. Dzięki tobie dotyczy to także mnie – odrzekła Maja. – Powinnam przecież polecieć i donieść o tym jako porządna poddana. A jeśli zamilczę, stanę się współwinna. A ponieważ przechowuję skradzioną broń, na pewno już jestem niebezpiecznym przestępcą. Tak, mam tego świadomość.

William siedział, obserwując Maję znad splecionych dłoni.

– Wymieniłeś jedno nazwisko... – dorzuciła Maja. – Göran Sprengtporten. Czy to dobrze, że je znam?

– Jego przekonania dla wielu nie są tajemnicą – odparł William. – On jest bardziej radykalny niż my. Chce pozbyć się Szwedów za wszelką cenę. Przede wszystkim chce mieć wolną Finlandię. Jeżeli nie osiągniemy tego sami, widzi szansę w przejściu pod zwierzchnictwo Rosji. Bylibyśmy państwem podległym Rosji.

– Czy to jakaś różnica? – zdziwiła się Maja. Rosyjskim chłopom nie działo się ani lepiej, ani gorzej niż w innych państwach.

– Dla kraju, który przez stulecia był w szwedzkich okowach, to jest różnica.

Maja już nie pytała, czy on sam chciałby być poddanym Rosji.

– O Boże, cóż ze mnie za gospodarz! – ocknął się William. – Siedzę tu i zanudzam sprawami politycznymi, a zapominam, że masz za sobą długą i męczącą podróż! Przecież każda kobieta lubi się odświeżyć po podróży. A czeka na nas jeszcze kolacja.

Maja skrzywiła się. William Runefelt najwyraźniej jej nie znał. Nie wiedział, jaką kobietę ma przed sobą, na ile różną od kobiet z jego sfery.

– Przygotowałem dla ciebie pokój. Ludzie przynieśli wodę przed pójściem do domu. Służba mieszka w obrębie posiadłości, ale we własnych domach. Nie jesteśmy takimi potworami w stosunku do nich, jak może myślisz, Mario.

Maja pozwoliła, by wziął jej torbę i zaprowadził do pokoju.

Nie prosiła o to wszystko. Gdyby przeczuła pułapkę, ominęłaby ją, nawet gdyby to pozbawiło ją możliwości wzięcia udziału w czymś, co może odmienić los kraju.

Pokój wielkością przypominał jeden z pokoi w jej domu. Było ciepło i przytulnie, w oknach wisiały ciężkie zasłony, stały stół i krzesła o kształtach wcześniej przez nią nie widzianych.

Do pokoju przylegała łazienka. Umywalka napełniona była letnią wodą, pewnie gorącą, gdy ją nalewano.

Pomyślał o wszystkim. To przerażało.

Zaprosił ją na kolację, kiedy już się odświeży.

Może miał na myśli: kiedy się przebierze? Maja nie odważyła się pytać. Skąd miała czerpać wiedzę o manierach obowiązujących w jego sferze? Była przecież dzieckiem Lapończyka i fińskiej dziewczyny sprzedanej do Norwegii.

Maja wahała się. Jedynym, który mógłby się z niej śmiać, był on, William. Przecież prosił, żeby go tak nazywała. Spróbowała po cichu wypowiedzieć to imię. Dziwnie brzmiało w jej ustach. Choćby dlatego, że nie spotkała dotychczas nikogo, kto by je nosił. Było równie niezwyczajne jak on sam.

Maja nie miała pewności, czy kiedykolwiek będzie w stanie tak się do niego zwrócić. Łatwiej było łączyć je z nazwiskiem, wtedy na pewno nie zapomni, kim on jest.

Ale i tak wiedziała, że nie będzie się z niej śmiał.

Nie dali jej za dużo wody do dyspozycji na postoju w Tornio. Wyglądało na to, że tamtej rodzinie wystarczała kąpiel raz na tydzień. Najwyraźniej nie wszyscy byli jak ona. Ona czuła się okropnie, gdy była brudna.

Rzuciła spojrzenie w stronę zamkniętych drzwi, sama się za to strofując. Przecież młody Runefelt był zbyt dobrze wychowany, żeby wpadać do pokoju damy...

Ściągnęła ubranie podróżne. Czuła ziarnka piasku ocierające się o skórę.

Na szafce leżał kawałek perfumowanego mydła. Nie było to mydło gotowane w domu, o, nie!

Maja długo obracała je w dłoniach i wąchała, myśląc o kobietach, które mogły mieć coś takiego na co dzień. Które mogły go używać, ile chciały.

Ach, gdyby ona tak mogła! Kąpałaby się dwa razy dziennie!

Maja nie wiedziała tylko, że w dworskich kręgach kąpiel nie była w modzie. Ponad kąpiel przedkładano kolejną warstwę pudru lub spryskanie się perfumami dla zagłuszenia zapachów ciała.

Na pewno by nie uwierzyła.

Zrobiła pianę z mydła i pokryła nią nagą skórę. Czuła, jakby był to jedwab lub złota przędza.

Zapach ją oszołomił. Syciła się nim, żałując tylko, że nie była to kąpiel. Mogłaby w niej siedzieć cały dzień!

Było to nowe, niezwykłe doznanie. Maja nie miała tylko pewności, czy powinna je polubić.

Kobiety w Finlandii z pewnością długo nie będą miały dostępu do perfumowanych mydeł – ani gdy Szwedzi zostaną u władzy, ani gdy William Runefelt i jego kompani ją przejmą.

Maja wytarła się, drżąc lekko. Kilka razy wąchała jeszcze swoje dłonie. Pachniały nią, ale z dodatkiem tego czegoś nowego, obcego i kosztownego.

To ją oszałamiało.

Nie miała wielkiego wyboru, jeśli szło o przebranie się w coś innego. Przywiozła tylko jedną sukienkę, może nieco strojniejszą niż podróżna. Heino kupił jej ciemnoczerwony materiał, a ona ją uszyła. Wymyśliła fason, który jej odpowiadał: szersze rękawy zwężające się ku nadgarstkom, nieduży dekolt, gdyż kołnierzyki ją dławiły, spódnica rozszerzająca się od bioder w dół, podkreślająca jej kobiece kształty. Miała bujny biust. Nigdy nie używała gorsetu. Chłopki tego nie robiły, a ona uważała się za jedną z nich.

Zebrała swoje ciemne, długie włosy w węzeł na karku. Wiedziała, że nie jest jej w tym uczesaniu do twarzy, sama go nie lubiła. Dawało jej jednak poczucie godności, którego potrzebowała.

Maja uśmiechnęła się do swego odbicia w lustrze o ciężkich, złoconych ramach.

Był to zmęczony uśmiech. Ujrzała kobietę, która mogłaby być ładna. Oczy jedyne w swoim rodzaju. Niektórzy uważali je za ładne. Duże, ciemnobrązowe, z miodową otoczką wokół źrenicy, tym niezaprzeczalnym dowodem, że jest córką Mikkala.

Ujrzała dumne czoło, ładnie wygięte brwi, prosty, mały nos, wystające kości policzkowe. Zbyt często zaciśnięte szczęki, usta, które bywały ładne w uśmiechu. Wszystko otoczone ramą ciemnych, gęstych włosów.

No i blizny. Głębokie bruzdy biegnące przez oba policzki.

Była naznaczona na całe życie przez mężczyznę, który nienawidził jej matki.

A William Runefelt nazwał ją ponętną. I fascynującą.

Przez całą młodość była wyśmiewana. Żaden z chłopców nie chciał na nią spojrzeć dwa razy. Sądziła, że zostanie starą panną.

Simon był najładniejszym chłopakiem wokół fiordu. I to z nim pewnego dnia stanęła przed księdzem.

Heino był też niebezpiecznie przystojnym mężczyzną, o wiele bardziej męskim niż Simon.

I to on wybrał ją. Pokochał.

William Samuli Hugo Runefelt stał najwyżej rangą w świecie Mai. Był młody i miał przed sobą przyszłość. Miał w sobie coś, choć nie był oszałamiająco ładny. Miał twarz, której się nie zapomina od razu.

I to on nazwał ją ponętną i fascynującą.

Trzej mężczyźni, o których by nigdy nie sądziła, że losy ją z nimi zetkną.

Nie rozumiała tego, zwłaszcza gdy patrzyła w lustro. Gdyby była mężczyzną, dziewczyna taka jak ona nigdy nie wydałaby jej się interesująca.

Komplement Williama rozbudził w niej jakieś echo.

Jednak nie patrzyła na młodego Runefelta jak na mężczyznę, w każdym razie jeszcze nie. Nie widziała w nim obiektu pożądania.

Maja musiała kochać nie tylko ciałem, ale i sercem. A jej serce było teraz pełne zgorzkniałego mężczyzny skazanego na leżenie w łóżku.

Maja kochała Heino.

Nie miała żadnej biżuterii. Brosza Raiji to jedyna ozdoba, jaką kiedykolwiek dostała. Nawet gdyby nie oddała jej Idzie, nie założyłaby jej teraz. Brosza była zbyt wyjątkowa, żeby zostać doceniona wśród tych ścian.

Z wahaniem zeszła po schodach. Ujrzała uchylone drzwi. Nie wiedziała, co za nimi zastanie. Wiedziała tylko, że swoją godność zachowa.

On czekał. Nie przebrał się. Maja nie sądziła, że to dlatego, iż jej nie uszanował.

– Wszystko ostygło – powiedział przepraszająco, wskazując na nakryty stół. – Ale to nadal wyborne rzeczy.

Maja poszła za jego przykładem, wzięła talerz i nałożyła sobie tego, co on. Niektóre potrawy rozpoznawała, innych nie, nawet po spróbowaniu. Były tam mięsa i ryby. Wędzone, gotowane, smażone, solone. Warzywa, których nigdy nie widziała. Sosy kwaśne i słodkie. Biały chleb, smakujący jak powietrze. Ciasta i owoce.

Maja próbowała wszystkiego w przypadkowej kolejności, co pewnie by zszokowało dobre towarzystwo. Jej sprawiało to jednak tak wyraźną przyjemność, że William był zachwycony.

– Uff, teraz brakuje mi chyba tylko razowego chleba – westchnęła, kończąc ostatni kawałek ciasta.

Zaśmiał się serdecznie.

– Jaka szkoda, że nie ma wśród nas więcej takich kobiet jak ty!

– W twoich kręgach? – spytała, sącząc wino. Nigdy wcześniej go nie próbowała. Zachwycało ją oglądanie ognia przeświecającego przez trunek w kieliszku, który bardziej przypominał dzieło sztuki niż naczynie.

– We wszystkich kręgach – odpowiedział, nalewając i sobie. Wypił ostrożnie łyk. Obserwował ją. Zastanawiał się, jaka by była, gdyby urodziła się w rodzinie arystokratycznej. Może to by ją zepsuło. Ona pozostała prawdziwa. Niewiele znał takich kobiet. Skutecznie oduczano tego.

– Czy ukradniecie więcej broni? – spytała nagle. – Chyba nie uda wam się przejąć władzy w Finlandii bez niej.

– Możliwe – odparł. – Zdobędziemy, ile będzie potrzebne, posługując się rozsądnymi metodami. Nie podejmiemy żadnych działań, dopóki nie będziemy w stanie wyposażyć armii.

– Czy arystokracja pójdzie pierwsza do boju? – spytała Maja, obracając kieliszek. Wydawała się być całkiem pochłonięta tą czynnością, jednak jej pytania brzmiały ostro i trzeźwo.

To zadziwiająca kobieta, pomyślał William.

- A może raczej chłopi staną w pierwszym szeregu, jak zwykle?

- Kobiety nie powinny zawracać swoich głów takimi sprawami jak wojna - rzucił lekkim tonem. Nie chciał kierować rozmowy na te tory.

- To ty mnie w to wciągnąłeś - rzekła, odstawiając kieliszek na stół. - Chcę wiedzieć, za co mogę stracić głowę.

Skrzywił się i napełnił jej kieliszek większą ilością wina, niż należało.

- Będziemy potrzebować miejsca gdzieś w waszej okolicy. Może nawet na ukrycie człowieka. U kogoś, kto będzie poza podejrzeniem. Potrzebujemy kogoś, kto zna te okolice i ludzi.

- Heino - rzekła Maja. - Potrzebujecie Heino. A on nigdy w życiu nie przyłączy się do czegoś, w czym udział bierze Runefelt.

- Dlatego potrzebujemy także ciebie, Mario.

Dziwnie było słyszeć, jak zwraca się do niej imieniem nadanym na chrzcie. Nigdy nie prosiła go, aby nazywał ją Mają. Gdy mówił Maria, to jakby mówił o kimś innym. O niej, ale zarazem nie o niej. Wydawało się jej to niejako mniej ryzykowne.

- Jeśli to nie stanie się zbyt niebezpieczne, będę z wami - odparła. - Ale w momencie, gdy życie Heino czy moje znajdzie się w niebezpieczeństwie, wycofam się. Powiem, że nigdy o was nie słyszałam. Nie zawaham się!

Pokiwał głową. Wszyscy mężczyźni, których znał, powinni mieć tak sprecyzowane poglądy i tak uczciwie stawiać sprawy...

- Czy nadal sprzedajesz drewno?

Maja o tym też zdążyła pomyśleć.

Było jasne, że nie mogła zdradzić Heino, że ten Åkerblom to William Runefelt. Nie mogła przecież powiedzieć, że spędziła z nim noc sam na sam w domu na wyspie.

Pozostało jej tylko przekazać, że Åkerblom się wycofał. Że się nie udało.

A teraz on pyta, czy nadal chce sprzedać drewno.

– To należy do sprawy – dodał. – Åkerblom istnieje naprawdę. Teraz przebywa za granicą, we Francji. Jest z nami. Nie podszyłem się pod niego bez jego wiedzy. To nie tylko panieńskie nazwisko mojej matki. My to drewno sprzedamy dalej. Nie ojcu. Jest to dla nas ważne.

– Ile tego chcesz? I jaką dajesz cenę?

Wymienił sumę.

Maja odstawiła kieliszek.

– Za tyle nawet nie zetniemy drzewa – odparła. – Jeżeli nie zaproponujesz uczciwej zapłaty, możesz zapomnieć o sprawie.

Wreszcie doszli do ugody. Maja okazała się jednym z najtwardszych kontrahentów, z jakimi miał do czynienia.

– Jest jeszcze coś – rzucił po chwili ciszy.

Maja spojrzała na niego pytająco.

– Nikt poza nami nie może wiedzieć, kim jest Åkerblom.

Skinęła głową.

– Nawet jeśli twój mąż dołączy do nas, nie może wiedzieć, że to ja.

Nie lubiła kłamać, ale na to się zgodziła. Chciała Heino oszczędzić prawdy.

– No i – dodał – kilka razy do roku będziemy musieli się tutaj spotkać. Porozmawiać o interesach.

Maja potrząsnęła głową.

– Na to nie mogę się zgodzić.

William pokiwał głową.

– Nigdy nie zrobię nic wbrew twojej woli. Nie mogę jednak zaprzeczyć, że mnie pociągasz. Także jako kobieta.

Niebezpieczne słowa...

– Ja mam męża – rzuciła szybko Maja. – Męża, którego cenię ponad wszystko. Nawet w twoich kręgach musi istnieć coś uświęconego. Kocham Heino. Po prostu.

– A co się stanie, jeśli pewnego dnia będziesz potrzebowała mężczyzny? – spytał, wymownie akcentując ostatnie słowo. – On jest twoim mężem, ale nigdy nie będzie już dla ciebie mężczyzną.

Nie mogła zaprzeczać. To przecież lekarz Runefeltów zajmował się Heino.

– Świat pełen jest mężczyzn – rzekła Maja. – A istnieją kobiety, które mogą się bez tego rodzaju miłości obejść.

– Czy jesteś na tyle chłodna, że dałabyś radę? – zdziwił się. – Nigdy nie zatęsknisz do obejmujących cię ramion, do miłości mężczyzny?

– A co, proponujesz mi to?

– Jeśli nadejdzie ten dzień, będę tu.

Maja zaśmiała się, odrzucając głowę w tył.

– To najbardziej zarozumiałe słowa, które słyszałam. A prawdą jest, że mój pierwszy mąż też miał wygórowane mniemanie o sobie!

– Heino to twój drugi mąż?

Potwierdziła.

– Wszystko, co dobre, idzie trójkami – odparł.

– Czy będę mogła tu przyjechać bez zobowiązań? – spytała. – Bez obawy, że zmusisz mnie do pójścia z tobą do łóżka?

- Ja nikogo nie muszę do tego zmuszać - odparł z wyzwaniem w głosie.

- Doprawdy, sprzedam ci to drewno, panie Åkerblom - powiedziała Maja, podnosząc kieliszek z winem do toastu, tak jak robił to wcześniej William.

Rozdział 8

Statek przybił do wyspy przed południem. Maja weszła na pokład. William stał na lądzie. Jego ludzie zachowali obojętne twarze.

Woźnica Mai czekał w Oulu. Mogła wracać do domu. Zacząć podróż z jednego świata do innego.

Zaznała już wielu odmian życia. Luksus ją oszołomił, ale nie pozwolił zapomnieć, pod jakim dachem przyszła na świat.

Tęskniła za Heino.

Wyglądało na to, że jego też ucieszył jej powrót. Przez twarz przebiegł mu cień uśmiechu, gdy opowiedziała, że udało się zawrzeć umowę.

- Kim jest ten Åkerblom? - spytał.

- Starszy pan, z fińskiej arystokracji - odpowiedziała, starając się wpleść jak najwięcej prawdy w kłamstwo. - Odludek - dodała. - Musiałam dopłynąć aż na Hailuoto. Ma tam wielki dom, którego pozazdrościłby nawet Runefelt. Przyjął mnie jak królową.

- Nie uznał, że to dziwne prowadzić interesy z kobietą?

- Z początku wyglądało na to, że odeśle mnie z powrotem do Oulu - odparła Maja. Przydała jej się teraz jej bujna wyobraźnia. - Dopiero gdy opowiedziałam mu o tobie, uznał moją obecność za coś więcej niż obrazę.

- Uważam, że jesteś bardzo bystra.
- Twoja kamizela, niestety, jeszcze nie jest gotowa - rzuciła Maja szybko. - To potrwa jeszcze jakiś tydzień.
- No, to będziemy mieli czas na przygotowanie biura dla Heino - wtrącił Ailo.
- Potrzebuję twojego pokoju tkackiego, Maju - powiedział Heino. - Tam jest wystarczająco dużo miejsca. No i jest pokoik obok, gdzie będę spać. To zbyt męczące dla ciebie ciągnąć mnie codziennie z dołu na górę.
- Ale... - zająknęła się Maja. - Przeniosę się tam z tobą - stwierdziła.

Schwycił jej dłoń. Ścisnął, patrząc jej w oczy.

- Nie, moja Maju. Spanie z tobą w jednym łóżku przypomina mi zbytnio to, co straciłem. To, do czego już nigdy nie będę zdolny...

Spuściła głowę.

Było to najbardziej przepełnione goryczą rozstanie, jakie mogła sobie wyobrazić.

Ale jednocześnie wskazywało, że zwrócił się w stronę życia. Chciał mieć biuro.

- Oczywiście, że oddam ci ten pokój. Są inne, których mogę używać.
- Może ten, który miał być pokojem dziecinnym - rzucił z bólem w spojrzeniu. - Przecież nigdy nim nie będzie... - dodał, jątrząc ranę.
- Tak, powinien pasować...

Maja nie wytrzymała dłużej. Wybiegła z pokoju, płacząc. Usiadła na szczycie schodów i ukryła twarz w dłoniach.

Jak to możliwe, że oni, kochając się przecież, byli

zdolni do zadawania sobie tak dotkliwych ran? Przecież te słowa paliły jak ogień...

Usłyszała za sobą ciche kroki. Ktoś usiadł koło niej, obejmując ją ramieniem.

Żadnych słów. Tylko porozumienie.

– Mimo wszystko on idzie w dobrym kierunku – powiedział w końcu Ailo. – Wiele z nim rozmawiałem, przekonywałem. Chciał już to przygotować jako niespodziankę dla ciebie. Zacząłem pakować rzeczy w twoim pokoju tkackim...

Maja spojrzała na niego.

– Znalazłem tam coś – dodał. – Coś, czego bym się nigdy nie spodziewał tam znaleźć...

Pokiwała głową.

– Czy Heino o tym wie?
– Nie. Możesz to wytłumaczyć?
– Tak – odparła Maja. Wiedziała, że może to zrobić. – Dotyczy to sprawy większej niż ty czy ja.

Ailo spojrzał na nią pytająco.

– To dla Finlandii. Dla wolnej Finlandii.
– Boże – mruknął. – A więc się w to wmieszałaś? – Potrząsnął głową z niedowierzaniem. – Ktoś by mógł powiedzieć, że odziedziczyłaś po Raiji zdolność do ładowania się w kłopoty.

Maja nie odpowiedziała.

– Ten mężczyzna, który tu był, gdy przyjechałem... nie był tylko woźnicą lekarza?
– Nie.
– On nie jest kimś... więcej dla ciebie?

Piorunujące spojrzenie Mai sprawiło, że pożałował pytania.

– Co, u diabła, o mnie myślisz? Heino jest moim mężem!

– Nie powiedziałem mu o tym, co znalazłem – zmienił temat Ailo. – Uznałem, że lepiej będzie najpierw spytać ciebie. Podejrzewałem, że on o tym nie wie. Że ma nie wiedzieć...

– Ja chcę włączyć w to Heino – powiedziała Maja powoli. – Może okazać się bardzo przydatny. Oni też tak uważają. Ale jeszcze nie nadszedł czas. On musi się najpierw sam odnaleźć.

Po dłuższej przerwie dodała:

– Sądzę, że i dla ciebie jest w tym miejsce. Tak czuję...

– Nie pozostanę tu długo – odparł Ailo.

Maja nie odpowiedziała.

– Powinnaś do niego wrócić – rzucił Ailo. – On nie chciał cię zranić, po prostu jest teraz szorstki. Może niezbyt miły dla nas, ale to oznacza, że zaczyna patrzeć prawdzie w oczy. Zróbcie to razem, nawet jeśli będzie bolesne.

Heino też płakał. Maja weszła do łóżka, które dzielili. Od czasu, gdy Heino tu leżał, zdjęli ciężkie zasłony.

Bywały noce, gdy przytulała się do niego, szukając jego ciepła. Bywały chwile, gdy mówił, że jemu jest zbyt gorąco, kiedy ona leży tak blisko.

Maja źle sypiała. Starała się nie przeszkadzać Heino, leżała niemal na krawędzi łóżka.

Teraz usiadła tak, że głowa męża oparła się na jej udach. Dłonie głaskały delikatnie jego wychudzoną, ale jakże kochaną twarz.

– Na pewno jeszcze niejeden raz cię zranię – odezwał się Heino.

– Wiem.

– Znam cię tak dobrze, że mogę cię zranić mocniej niż ktokolwiek inny. Powinnaś się mnie pozbyć, Maju. Jaką masz ze mnie korzyść?

- A jaką korzyść ma się z kochania? - odpowiedziała pytaniem. - Ja cię po prostu kocham. Nie mogę - i nie chcę - tego zmienić.

- To... nie takie życie chciałem dla nas stworzyć - Heino spojrzał na Maję i zamknął oczy. Dobrze mu było z głową wtuloną w to łono, w którym nie udało mu się umieścić swego dziecka.

- To jest życie, które mamy przeżyć, mój Heino. Nie możemy go zmienić, tak jak się to dzieje w marzeniach. Taka jest rzeczywistość.

- Spróbuję być tym, jakim uważasz, że mogę być - obiecał. - Ja widzę tylko kalekę skazanego na łóżko. Nie wiem, kogo we mnie widzisz, kochana, ale spróbuję być tym człowiekiem!

Rzeczywiście się starał. Gdy przyjechał Bergfors z żelazną kamizelką, zaczęło się nowe życie.

Była to koszmarna konstrukcja. Maja nie cierpiała zakładać jej Heino. Ciężka i nieforemna, przypominała zbroję z dawnych czasów. Miała metalowe płaszczyzny z przodu i z tyłu, połączone miękką skórą po bokach.

Heino nosił ją na bieliznę, a pod koszulą. Maja musiała mu uszyć nowe koszule, żeby pomieściły gorset.

Miała dużo roboty.

Po kilku tygodniach Heino spędzał na siedząco większą część dnia. Na otarte miejsca pomagały maści i dłonie Mai.

Siedział w fotelu wyprostowany jak król. Koc ukrywał jego nogi przed spojrzeniami odwiedzających, a także przed jego własnym wzrokiem. Heino nie cierpiał ich widoku. Nienawidził ich dotykać, bo ich nie czuł. Nienawidził być bezsilnym.

Ale przejął dowodzenie, gdy już mógł usiedzieć w fotelu kilka godzin.

Właśnie tego oczekiwała Maja. O to walczyła. O ten dzień, w którym Heino będzie mógł porozmawiać z kimś innym niż ona, Ailo czy służba. Wiedziała, że wtedy znów stanie się szefem dla swoich ludzi.

Ailo zbierał się do wyruszenia w stronę domu.

Nastało lato. Ciepłe, wonne lato. Zielone, niebieskie i złote, tak jak las, woda i słońce.

Noce były gorące i ciemne jak aksamit. Czasem księżyc odbijał się w wodzie.

– U nas jest teraz jasno – powiedziała Maja do Ailo z tęsknotą w głosie.

Wieczorami, kiedy Heino już spał, a służba poszła do siebie, rodzeństwo siedziało często w kuchni.

To pomieszczenie najbardziej przypominało im dom nad fiordem.

Ailo już od dawna tęsknił za jasnymi nocami. Cieszył się, że niedługo wróci do swoich.

– Widuję tu zorzę polarną – dodała Maja. – Ale ciemność zapada wcześniej.

– Nie tęsknisz za niczym innym?

– Tak, za ludźmi. Za Reijo, Idą, Knutem, Anjo. Nie miałam nigdy wielu bliskich. Tu mam nawet babkę, gdybym chciała ją włączyć do mojego życia.

– Ledwo ją pamiętam – rzucił Ailo. – Ale nie była złą osobą.

Maja wzruszyła ramionami. To była sprawa jej serca. Jej życia. Jej decyzji.

Zza otwartego okna dobiegł ich odgłos końskich kopyt.

– Do nas? – zdziwiła się Maja. Wyjrzała przez okno, ale w ciemności dostrzegła tylko zarys sylwetki konia i jeźdźca.

Usłyszała czyjś głos wypowiadający jej imię w jej tylko znany sposób.

- Mario, muszę z tobą porozmawiać!

Maja popatrzyła na Ailo.

- Wychodzę - rzuciła, wiedząc, że to nie jest rozsądne. Zawsze ktoś mógł coś zobaczyć.

Ale pokój Heino znajdował się po drugiej stronie korytarza. Nie chciała, żeby rozpoznał ten głos.

Szybko wkroczyła na ławę, przerzuciła nogi przez krawędź okna i zniknęła.

Przywitał ją cichy śmiech. Silne dłonie w miękkich rękawiczkach złapały jej dłonie.

- Zawsze mnie zaskakujesz - powiedział serdecznie. Jego oczy śmiały się - wąskie kreski w mocnej twarzy. Jasną grzywkę odrzucił na bok. - Dobrze cię znów widzieć, Mario. Pamiętałem cię inaczej, jakby... mniejszą?

Maja cofnęła ręce. Odeszła z kręgu światła pod oknem w stronę cienia pod brzozami, które posadzono, gdy zbudowano ten dom.

Ale nie odeszła tak daleko, by Ailo nie mógł jej słyszeć.

William Runefelt poszedł za nią.

- Chyba nie przyjechałeś, by mi to powiedzieć - zwróciła się do niego Maja. - O co chodzi? Przyjechałeś po paczkę?

- Za dwa dni do Karlsborg przybija szwedzki statek - odpowiedział William poważnym tonem. - To w Szwecji, na zachód od Tornio. Przewozi między innymi proch.

- Stąd daleko i do Tornio, i do Karlsborg - rzuciła Maja. - Co to ma ze mną wspólnego?

Jego głos był zachrypnięty z podniecenia.

- Jesteście daleko od Tornio. To ma znaczenie. W najgorszym razie będziemy musieli uciekać, każdy z osobna. Każdy ukryje się w innym miejscu...

– I mamy kogoś ukryć?

William pokiwał głową.

– Jak dobrze jest to zaplanowane? – zastanawiała się. – Jak bardzo jest dla nas niebezpieczne?

– Gorzej będzie dla tych z Luleå, Haparanda, Tornio, Kemi... – William wymieniał nazwy miejscowości leżących wzdłuż wybrzeża.

– No tak – zgodziła się Maja. – Możemy ukryć jakiegoś szaleńca. Dokąd pojedzie proch? Prochu nie chcę tu mieć za żadne skarby!

– Na moją wyspę – odparł. – Znasz lepsze miejsce?

Nie wpadła na to. Zrozumiała też, że nie będzie mógł tam zabrać swoich towarzyszy. Łatwiej ukryć tam proch niż ludzi. Arystokrację.

– Za dwa dni?

– Jeśli zbierzemy wystarczająco dużo ludzi – skrzywił się William. – Okazało się, że niektórzy z nas niechętnie idą do akcji. Ale potrzebujemy i pieniędzy...

Wzruszył ramionami.

– A więc za trzy dni. Może cztery. Jeśli nikt się nie zjawi, będzie to znaczyć, że tym razem nie potrzebowaliśmy waszej pomocy.

Jeszcze ktoś zeskoczył z okna kuchni i podszedł do nich.

– Woźnica lekarza... – rzucił Ailo. Stanął obok Mai. – Ale tym razem na niego nie wygląda. Raczej na jego pana.

– Kim jest ten człowiek, Mario? Ile mógł słyszeć?

– To mój brat, Williamie. – Maja nie zauważyła nawet, że nazwała go po imieniu. – Ailo. Przyjechał z Norwegii. Niedługo wraca. To jego nie dotyczy, nikomu o tym nie powie.

– Nie wiem jeszcze, czy wracam – odezwał się Ailo. Nie spuszczał z Williama oczu. Widać było, że to nie jest byle kto. Jego imię wywołało echo, gdzieś już je słyszał... – Kuszą mnie rzeczy niebezpieczne, to nasza rodzinna słabość. Poza tym chciałbym zrobić coś, co wymaga męskiej odwagi. Słyszałem o szwedzkim statku. O prochu. Przypuszczam, że chodzi o... wielką sprawę?

William nie odpowiedział.

– No i słyszałem, że brak wam ludzi. Oto jestem.

William spojrzał na Maję. Nie podobało się jej, że Ailo chce wziąć w tym udział. Coś jednak mówiło jej, że on już postanowił.

– Ręczę za niego – usłyszała własny głos. – Jeżeli jest ktoś, na kim zawsze mogę polegać, to mój brat.

Mężczyzna wyciągnął do Ailo dłoń i uścisnął mocno.

– William Runefelt.

Ailo aż się wzdrygnął.

Runefelt!

Spojrzał na siostrę. Jedyni ludzie, których Heino nienawidził, to rodzina tego człowieka!

– Rozumiesz, dlaczego nie mogę o tym powiedzieć Heino? Jeszcze nie teraz? – spytała Maja cicho.

– Rozumiem – odparł Ailo. – Kryjesz więcej tajemnic niż ktokolwiek inny, moja Maju.

– Ona cała stanowi zagadkę – przyznał William z głębi serca. – Zagadkę. Nie sądzę, żeby komuś udało się ją rozwikłać.

Spojrzał na Ailo.

– Jeżeli jesteś z nami, musisz jechać ze mną.

Ailo skinął głową. Był na to przygotowany.

– To nie potrwa długo – rzucił do Mai, siadając na konia Runefelta. – Zanim minie tydzień, będę z powrotem, gotowy na podróż do Norwegii.

Maja pokiwała im ręką na pożegnanie. Nie mogła niczemu zapobiec. Czuła ból, ale wiedziała, że musi go znieść. To, co ma się zdarzyć, musi się zdarzyć.

Najtrudniej będzie wytłumaczyć Heino zniknięcie Ailo. Już wystarczająco mu nakłamała.

– Jest grupa ludzi, którzy walczą o uwolnienie Finlandii spod władzy szwedzkiej – powiedziała wreszcie, gdy Heino nie uznał jej pierwszych, wykrętnych wyjaśnień. – Ailo wszedł z nimi w kontakt. Niedługo ma się wydarzyć coś ważnego.

Coraz trudniej było jej znieść badawcze spojrzenie Heino. Nigdy wcześniej tak między nimi nie było. Niech diabli porwą Williama Runefelta! To on wszystko skomplikował, wciągnął ją w to, sprawił, że nie mogła już o wszystkim mówić Heino, że były pomiędzy nimi tajemnice...

– Masz z nimi do czynienia?

– Wiem o nich – odparła. – Ailo i ja zwierzamy się sobie.

– Wierzysz w to? – spytał. Gdy tak siedział w swoim fotelu, zapominało się niemal, że jest kaleką. – To odwieczne marzenie Finów – dodał. – W każdym stuleciu znajdują się ludzie, którzy próbują. Za każdym razem kończy się tak samo. Wielu mężczyzn nie umiera naturalną śmiercią.

Maja nie odpowiedziała.

– To jego życie – rzekł Heino. – Może z nim robić, co chce. Ale to nawet nie jest jego walka. Nie powinien tu przyjeżdżać. Wiesz, co ma się zdarzyć?

Maja wbiła wzrok w swoje dłonie.

– Coś ze statkiem...

Heino nie pytał więcej.

Minęły trzy dni. Co wieczór Maja czekała długo w noc. Okno kuchni było otwarte. Oczy wypatrywały na południe.

Nikt się nie zjawiał.

Czwartego dnia dotarły wieści.

W Karlsborg wyleciał w powietrze szwedzki statek. Próbowali go przejąć zamaskowani mężczyźni. Większość załogi była na brzegu. Pochodnia się przechyliła...

Statek przewoził proch.

Mówiono, że zginęli ludzie. Dwóch zbiegło, ale ich rozpoznano. Jeden był młodym fińskim arystokratą, drugi synem chłopa. Szwedzi intensywnie szukali uciekinierów. Wiedzieli, że nie szło tu o zwykłą kradzież.

Maja odchodziła od zmysłów ze strachu.

Tylko tych dwóch zidentyfikowano. Wielu zginęło... Ale nie czuła w sobie pustki. Więź z Ailo nadal istniała. To ją pocieszało.

A gdyby tym arystokratą był William Runefelt, całe Tornedalen by o tym mówiło.

– Czy to w tym brał udział Ailo? – spytał Heino.

Maja mogła tylko potwierdzić.

– Oby Bóg miał nad nim pieczę.

Tego dnia do swej wnuczki przybyła z wizytą Marja Kivijärvi.

Sama powoziła.

Była ubrana na czarno, jak zawsze od śmierci Akiego. Chustkę miała ciasno związaną pod szyją. Była blada. Maja dostrzegła nagle, że babka miała więcej zmarszczek wokół oczu i na czole niż wokół ust.

Oczy starszej kobiety omiotły korytarz. Nie patrzyła na Maję. W dłoniach ściskała rękawiczki. Zawsze marzła w dłonie, nawet latem.

– Nie chciałam się narzucać – powiedziała, gdy Maja ją wprowadziła. – Ale się boję. I jestem sama. Nie miałam do kogo pójść. Jesteśmy prawie obce, wiem. Ale mimo to jesteśmy krewnymi, Maju. Musiałam do ciebie przyjść.

Maja wprowadziła ją do salonu. Uświadomiła to sobie później, że może instynktownie pragnęła, by matka Raiji zobaczyła, jak dobrze jej się powodzi.

Marja rozpięła płaszcz. Rozglądała się wokół. Tego Aki nigdy nie zdołał jej oduczyć. Według niego to był zwyczaj biedaków.

– Kari wplątał się w coś okropnego – powiedziała wreszcie. – Boję się o niego. Boję się, że stało się coś naprawdę strasznego.

– Statek? – spytała Maja odruchowo.

Marja wpatrzyła się w nią zdumiona.

– Skąd wiesz? – spytała szeptem.

– Przecież wszyscy o tym mówią – odrzekła szybko Maja.

– Ten chłopak jest taki narwany – powiedziała Marja. – A mówią o tylu zabitych. I że jeden z nich to chłopski syn...

Maja dzieliła jej lęk.

– Pamiętasz dziecko, które matka i Mikkal mieli tu ze sobą? – spytała. – Mojego brata?

Marja pokiwała głową, dziwiąc się, dlaczego o to pyta.

– Ailo wziął w tym udział – powiedziała Maja. – Też nie wrócił. Nie wiemy, co się stało. Możemy tylko czekać.

Rozdział 9

Nakłonili Marję, żeby zatrzymała się u nich. Powiedziała, że w gospodarstwie pozostał parobek. Nie był zamieszany w sprawę, Marja twierdziła, że można na nim polegać. W każdym razie wierzyć, że nakarmi zwierzęta.

Troje przygnębionych ludzi nie miało specjalnie o czym ze sobą rozmawiać.

Marja zebrała się na odwagę i spytała, co się działo z Raiją. Maja opowiedziała, czując, jakby mówiła o kimś obcym. Gdy chodziło o matkę, tłumiła wszelkie uczucia.

Także Marja ukrywała swoje uczucia. Dobrze pamiętała ośmiolatkę, którą wysłali do Norwegii w nadziei, że spotka ją lepszy los.

Raija nie chciała jechać. Może wyrządzili jej tym wielką krzywdę. Mimo że Raija jej wybaczyła.

Były to wspomnienia, których nigdy nie zdołała wyrzucić z pamięci. Które nigdy nie przestały jej dręczyć.

Były matką i córką tej kobiety, o której mówiły. To je ze sobą łączyło. Obie były jej obce, tak jak obce były dla siebie nawzajem.

Po południu nadjechał konno chłopak. Ubrany był jak wieśniak, a po koniu było znać długą drogę.

– Szukam Marii Aalto – powiedział po fińsku. Miał może szesnaście lat.

Maja wprowadziła go do pokoju Heino.
- Ja jestem Maria Aalto - powiedziała.
- Twój brat jest ranny - powiedział jak wyuczoną lekcję. - Potrzebuje cię. Tylko ty możesz mu pomóc.
Maja skinęła głową.
Weszła Marja. Słuchała z szeroko otwartymi oczami.
- Jak bardzo? - spytał Heino. - Co jest z bratem Marii?
Chłopak przełknął ślinę. Wzrok wbił w podłogę. Nie proszono go, żeby o tym mówił.
- Brałeś w tym udział?
Przerażony potrząsnął głową.
- Jestem tylko chłopcem stajennym u... - zamilkł, przypomniawszy sobie, że nie może ujawniać nazwisk. - Mówią, że on nie ma już twarzy.
Maja zacisnęła powieki, ale wyobraźnia nadal pracowała. Jak to się stało? Dlaczego nic nie przewidziała? Coś złego działo się z jej bratem, a ona nic nie czuła!
- Czy to daleko? - spytał Heino. Maja wiedziała.
- Tak - odparł chłopak. - Ja ją tam zawiozę. Nikogo więcej mi nie wolno.
- Czy jest z wami chłopak, Kari Kivijärvi? - spytała Marja. - Wysoki blondyn. Czy żyje?
- Nie wiem - odparł chłopak. - Naprawdę nie wiem. Tam nie ma ich wielu. Tylko jej brat i jeszcze kilku.
- Oczywiście musisz jechać - stwierdził Heino.
- A co z tobą?
Marja odpowiedziała za niego.
- Ja zostanę. On jest teraz moją rodziną. W końcu stara babka się na coś przyda.
- Koń chłopaka może tu zostać. Weź nasze konie i wóz, jeśli trzeba - orzekł Heino.
- Pojedziemy konno - zdecydowała Maja, splatając włosy w ciasny warkocz. - Tak będzie najszybciej.

Wiedziała, że będą musieli po drodze zmieniać konie, ale nie wspomniała o tym mężowi.

Chłopak dostał jedzenie, gdy Maja się przebierała. Włożyła skórzane spodnie Ailo. Może i kobietom nie wypadało chodzić w spodniach, ale nie dbała o to. Spódnica tylko by przeszkadzała w jeździe. Ale zapakowała spódnicę i bluzkę. Tam, dokąd jechała, nie chodziło się w skórzanych, brudnych spodniach.

Maja wcisnęła warkocz pod jedną z czapek Heino. Czapka trochę się wybrzuszyła, ale nie tak, żeby zwracało to uwagę.

– Dobre przebranie – uśmiechnął się Heino. Nawet ją uścisnął.

Maja ucieszyła się. Tak rzadko jej dotykał. Ona też coraz rzadziej. Za każdym razem czuła, że mąż ją odrzuca.

A teraz pozwolił nawet na pocałunek.

– Będę za tobą tęskniła.

Heino uśmiechnął się słabo.

– Ailo bardziej cię potrzebuje. Dobrze, że żyje. Mam nadzieję, że mu pomożesz!

Maja skrzywiła się.

Bez twarzy...

To mogło oznaczać wiele. Czuła jednak, że aż coś się w niej skręcało ze strachu.

Marja uścisnęła ją mocno.

– Spytaj o Kariego! – poprosiła. Tylko jeszcze o to dziecko mogła się troszczyć.

Dojechali aż do Zatoki Botnickiej. Już dawno Maja nie jechała tak długo konno. Jej ciało zesztywniało. Trudno jej było usiedzieć. Żałowała także koni. Wiedziała, że to i dla nich za długa droga.

– Dadzą radę – rzucił chłopak. – Musimy tam dotrzeć jeszcze dziś.

– To niemożliwe – wykrzyknęła Maja. – Przecież jedziemy na... wyspę?

Potwierdził.

– Zostawimy konie w gospodarstwie na południe od Tornio. Stamtąd popłyniemy łodzią. Wtedy zdążymy. Dla twojego brata liczy się każda godzina.

W umówionym miejscu przyjęto ich konie z obietnicą, że zadbają o nie. Porozmawiali chwilę o pogodzie i odeszli na cypel, gdzie czekała łódź. Była podobna do tych, które Maja znała z północy. Miała pięcioosobową załogę. Od razu odbili od brzegu.

Pogoda była dobra, więc nawet zapadający zmrok nie niepokoił Mai. Załoga zresztą sprawiała wrażenie doświadczonej.

Marzła, ale wiedziała, że tylko powinna być wdzięczna wiatrowi. Prędzej dopłyną.

Nie widziała nic oprócz żagla, ale i tak myśli miała zaprzątnięte innymi sprawami.

Świecił księżyc w pełni, co ułatwiało żeglarzom zadanie. Ujrzeli ląd na długo, nim zbliżyli się do brzegu. Maja zorientowała się, że to inna strona wyspy. Przypłynęli przecież od północy.

Łódź nie przybiła do brzegu. Słychać było, jak ociera się o dno. Jeden z członków załogi zeskoczył i wyciągnął ręce w stronę Mai. Zsunęła się w nie bez wahania, tuląc do piersi zawiniątko z odzieżą i ziołami. Nie mogły się zmoczyć.

Mężczyzna doszedł z nią do brzegu i postawił na piasku. Chłopak, przemoczony, dotarł chwilę potem. Był zmęczony, słaniał się niemal. Doprowadził ją do dwóch koni pasących się w zaroślach, niewidocznych od strony morza. Siodła leżały w trawie. Osiodłali zwierzęta. Nie mieli czasu nawet na rozmowę.

Chłopak poprowadził ją dróżką przez las.

Zaczęło się rozjaśniać.

Dotarli do domu od innej strony niż ostatnio. Maja niemal go nie poznała. Większość okien była ciemna, tylko z jednego czy dwóch dochodziło słabe światło.

– Ja zajmę się końmi – rzucił chłopak. – Wejdź do środka.

Maja chciała zaprotestować, ale nie dopuścił jej do głosu.

– To nic takiego – powiedział z krzywym uśmiechem. – Jestem na służbie u dobrego pana. Nie wszyscy tak mają. Nie daje mi takich zadań codziennie. Zresztą, sam się zgłosiłem.

– Powiem mu, jaki byłeś dzielny – obiecała Maja.

Wbiegła na schody prowadzące do domu. Nawet nie zapukała, ale tym razem drzwi były zamknięte.

Chwilę potem ktoś przekręcił klucz w zamku. Drzwi się uchyliły i ukazał się William Runefelt.

Był blady pod opaloną skórą. Miał kilkudniowy zarost i wyglądał tak, jakby czuwał tak samo długo.

– Dzięki Bogu! – westchnął i wciągnął Maję do środka. Drzwi zamknął na klucz. – Poszło źle.

Maja pokiwała głową.

– Jak Ailo?

– Był za blisko. – William przełknął ślinę i spojrzał na Maję. – Nigdy nie widziałem takiego ognia... Nie wiem, czy on to przeżyje. Musiałem wezwać Bergforsa. Wprowadzić go we wszystko, co zresztą podejrzewał od jakiegoś czasu. Na szczęście okazał się naszym zwolennikiem. Cały czas daje Ailo morfinę. To powinno koić ból, on jednak wije się w cierpieniu. Mówi dużo, chyba po lapońsku, bo nic nie rozumiem. Przywołuje jakąś Idę. I ciebie. "Sprowadź Maję!", wołał do mnie raz po raz...

- Ida to jego żona - wyjaśniła Maja. - Muszę go zobaczyć. Jak bardzo jest źle, William?

Spojrzała na niego, on jednak unikał jej wzroku.

- Chłopak, który po mnie przyjechał, nie chciał nic powiedzieć. Tylko że Ailo nie ma już twarzy...
- To odpowiada prawdzie, Mario - powiedział William. Dotknął lekko jej policzka, ale zreflektował się i wsadził pięści do kieszeni brokatowej kamizelki. - Ailo nie ma już twarzy. To tylko kawałek mięsa. Otwarta rana. Otwór zamiast ust, coś, co Bergfors uzyskał w miejsce nosa, żeby mógł oddychać, i prawie zrośnięte szpary, które były oczami. Włosy ma tylko z tyłu głowy. I jedno ucho.

Maja przytrzymała się mocno poręczy schodów. Próbowała sobie wyobrazić to, co William jej opisał. Nie dała rady. Ale przynajmniej była przygotowana.

- A inne obrażenia?
- Złamana noga - odparł. - A ja nie mam nawet draśnięcia, nawet lekkiego oparzenia. A też byłem na tym przeklętym statku!
- Muszę do Ailo - powiedziała Maja. Napełniła ją siła. Poczuła pewność, że Ailo nie umrze. Nie było w niej pustki.

William poprowadził ją do jednego w dużych pokojów.

Bergfors siedział przy łóżku. Od kiedy przybył, nie odstępował rannego ani na krok.

Maja padła na kolana przy posłaniu brata. Łzy przesłaniały jej widok. Otarła je i zmusiła się do patrzenia.

Opis Williama zgadzał się z rzeczywistością. Nie mogłaby stwierdzić z pewnością, że to był Ailo. Nie mogła.

- O Boże - wyszeptała, chociaż wiedziała, że pomoc Najwyższego na niewiele się teraz przyda.

- Był ze mną cały czas - powiedział William. - Rozpoznaliśmy go po ptaku, którego nosił na rzemyku na szyi.

Maja dostrzegła ozdobę. Przełknęła ślinę. Ailo zawsze rzeźbił ptaki we wszystkim, co mu wpadło w ręce: kawałku drewna, kości... Jednego dostała także ona. Był to ptak z rozpostartymi skrzydłami, wiszący na podwójnym rzemyku.

- Wietrzymy jego rany raz dziennie - odezwał się lekarz. - Przybyłaś w najgorszym momencie.

Pokiwała głową.

- Widywałam już brzydkie rzeczy - stwierdziła, odkładając na bok zawiniątko z ziołami. Nie przydadzą się teraz. Potrzebne będą silniejsze środki.

Spojrzała poważnie na obu mężczyzn.

- Proszę was, żebyście zostali - powiedziała. - Ale musicie obiecać, że nie przeszkodzicie mi, cokolwiek się będzie działo. Nawet gdybyście sądzili, że ja... umieram.

- O czym, u diabła, mówisz, Mario?

Spojrzała na niego ze śmiertelną powagą.

- Niektórzy nazwaliby mnie czarownicą - rzuciła cicho. - Umiem stosować zioła. A gdy naprawdę potrzeba, mogę więcej. Mówią, że opuszczam swoje ciało. Nie wiem. Nie pamiętam. Ale nigdy jeszcze tak mi na tym nie zależało.

Lekarz pokiwał głową. Odnosił się sceptycznie do podobnych praktyk, lecz skoro już miał okazję zobaczyć coś takiego na własne oczy, nie zamierzał odmawiać.

William nie chciał wierzyć. Ale coś w wyglądzie Mai sprawiło, że nie protestował. Stała się tak... intensywna, niemal płonęła. Wokół niej niemal widzieli aureolę przypominającą blask zorzy polarnej.

Maja usiadła na podłodze koło łóżka. Chwyciła obie dłonie brata. Policzek oparła o brzeg posłania i utkwiła spojrzenie w Ailo. Nie dostrzegała rany, widziała jego dawną twarz: uśmiechniętą, ładną, z błyskiem w oku i niesforną, czarną, gęstą grzywką opadającą na czoło.

Jej Ailo.

Ailo Idy.

Skąd brało się to ciepło? Nigdy tak wcześniej nie było. Nie czuła takiego gorąca...

Nie mogła tego nie zrobić. Nie można było dłużej czekać.

Maja czuła, jakby się spalała, ale nie mogła puścić dłoni Ailo. Byli ze sobą związani jako siostra i brat, związani tym przedziwnym żarem, który był jak ogień i lód jednocześnie. Nic innego nie widziała. Nic nie pamiętała. Zapomniała, co ją tu sprowadziło.

Byli razem – ona i Ailo – ten Ailo, którego znała. Widziała jego szelmowski uśmiech, czuła, że on chce walczyć, chce żyć!

Maja czuła się ciepła i lekka. Otaczało ją przedziwne światło. Wydawało się znajome, nie obawiała się go. Pozwalała mu się prowadzić dalej, dalej...

Usłyszała śmiech. Zły śmiech. Zwycięski. I ujrzała odjeżdżającego konno mężczyznę.

Nie rozpoznała go, ale wiedziała, że to wróg. Odgoniła go, ale jego śmiech wskazywał, że on się nie poddał. Że to tylko połowiczne zwycięstwo.

Maję prowadziło światło. Czuła takie gorąco, że niemal krzyczała z bólu. Ale żaden dźwięk nie wydostał się z jej ust.

Gorąco wzmagało się. Napełniało ją całą. Czuła, że jej skóra się spala, ale nie odczuwała strachu. Nie miała się czego obawiać.

Aż wreszcie, gdy już niemal nie mogła wytrzymać, coś sprawiło, że całe ciepło jakby spłynęło poprzez wnętrze dłoni, opuszki palców...

Potem Mai zrobiło się zimno.

William wiercił się w fotelu. Nie podobało mu się to, czego był świadkiem. To nie miało sensu, Maria nie mogła w coś takiego wierzyć! Nie była przecież tak... prymitywna.

Zerknął na Bergforsa. Lekarz z zainteresowaniem obserwował to, co się działo. Albo raczej, co się nie działo. O ile William mógł stwierdzić, nie działo się nic.

– Ona śpi – szepnął. Chciał wstać, podnieść Marię z podłogi i zakończyć ten żałosny seans.

Bergfors podniósł ostrzegawczo dłoń. Pochylił się do przodu.

William popatrzył na nich.

Ailo – groteskowy bez bandaży na tle białej pościeli. Maria, ubrana jak Lapończyk, śpiąca na podłodze obok niego.

Bratersko-siostrzana miłość, przebiegło mu przez głowę. On miał dwie siostry, ale nie czuł do nich nic szczególnego. One do niego też nie.

To, że od Marii bił blask, było odbiciem światła w pokoju. Nie mogło być inaczej. Nikt nie mógł mieć coraz mocniejszej czerwonozłotej aureoli wokół siebie. Ale w głębi duszy słyszał głos daleki od rozsądku. Ów głos mówił, że ona wyglądała tak, jakby mogła w każdej chwili zacząć płonąć. Tak jakby stała w ogniu i nie zapalała się.

To nie mogło się dziać naprawdę. To były omamy. Przecież czuwał już czwartą dobę. Oczywiście, że wzrok płatał mu figle, nie mogło być inaczej.

William uwierzył w takie wyjaśnienie. Zwłaszcza gdy aureola przemieściła się od Marii do Ailo. Wtedy uznał, że coś takiego mogło się pojawić tylko w jego przemęczonym umyśle. Oparł się wygodnie w fotelu i zamknął oczy.

Gdy się ocknął, Bergfors wstał. Pochylił się nad Marią, zbadał jej puls, dotknął skóry, uniósł powiekę, rozpiął guzik jej spodni. Potem zostawił ją leżącą.

Spojrzał na Ailo i tylko pokręcił głową z uśmiechem.

Maria była blada, wyglądała jakby na przemarzniętą. Bergfors okrył ją pledem.

Wyprowadził Williama z pokoju, zostawiając uchylone drzwi. Chusteczką otarł pot z czoła.

– Nie uwierzyłbym, gdyby to nie stało się na moich oczach – powiedział cicho.

– Co się stało? – spytał William. – Maria zasnęła. Coś jeszcze?

Lekarz potrząsnął głową i poklepał Williama po ramieniu.

– Jak na tego, który ma wielkie marzenia co do Finlandii, zbywa ci na wyobraźni. Jesteś zbyt wielkim realistą, przyjacielu. Byłeś świadkiem cudu, ale go nie dostrzegłeś. Ona jest niezwykłą kobietą. Niecodzienną, niezwykłą, wspaniałą kobietą.

William uśmiechnął się słabo. Z tym mógł się zgodzić.

– Nie widziałeś wokół niej aureoli? Nie widziałeś, jak się zmieniała od słabej i zimnej do rozżarzonej? Nie widziałeś, jak przeszła na Ailo? – Potrząsnął głową. – Sądziłem, że on umrze tej nocy. Teraz myślę, że przeżyje.

Tylko po co? – przebiegło przez głowę Williama. Brat Marii będzie potworem bez twarzy.

– Z jego ran przestała się sączyć ropa – mówił dalej

lekarz. - Nie mogłeś tego dostrzec. Jego puls wzbudza nadzieję. A ona śpi zimnym snem...

- Czy Maria umrze?

Lekarz dostrzegł niepokój Williama. Przed oczami stanął mu Heino Aalto. Nieciekawa to historia, uznał, a wszystko działo się wokół tej kobiety, która nawet nie była ładna.

- Pewnie wróci - stwierdził. - Ale to dziwny sen. Ona ma rację: niejeden nazwałby ją czarownicą.

Bergfors czuwał nad rodzeństwem. Notował wszystko, co działo się z Mają, każdy szczegół. Był zafascynowany. I zdeprymowany. To kłóciło się ze wszystkim, czemu zwykł wierzyć.

Rankiem sen Mai zmienił się na normalny. Zostawił ją jednak na podłodze; coś mu mówiło, że tak być powinno.

Była całkiem zesztywniała, gdy się obudziła. Bardzo zmęczyła ją długa podróż na końskim grzbiecie. No i całą noc spędziła w niewygodnej pozycji. Dłonie nadal trzymały Ailo. Zmusiła się, by na niego spojrzeć. Dłonie brata były ciepłe, nie tak, jak poprzedniego wieczora. Ale twarz nigdy nie będzie twarzą Ailo.

- Chyba uratowałaś mu życie - odezwał się głos.

Maja podniosła się z trudem. Ostrożnie puściła dłonie najbliższej sobie osoby. Długo patrzyła na Ailo, zanim usiadła w wolnym fotelu. Lekarz siedział w drugim. Wycierał okulary, nie patrząc na nią.

- Już długo był w stadium krytycznym - stwierdził. - Pogorszyło mu się. Sądziłem, że umrze tej nocy. Ale nastąpiło przesilenie. Jako lekarz nie mogę powiedzieć, że stało się tu coś nienormalnego. Ale jako człowiek, mały wobec rzeczy wielkich, muszę przyznać, że w tym pokoju dziś w nocy wydarzył się cud. On by umarł, gdyby nie ty. Nie umiem tego wytłumaczyć. A ty?

Maja potrząsnęła głową.

- To się zdarzyło kilka razy - powiedziała. - Zawsze chodziło o kogoś, kogo bardzo kochałam, a kto potrzebował pomocy. Jest coś jeszcze, czym potrafię sterować. Ale to tutaj jest poza zasięgiem mojej woli. Nie wiem, na czym to polega. Ale czuję, że za każdym razem tracę część siebie. To cena. Może dlatego nie mogę decydować, kiedy tego użyć. To może mi zaszkodzić.

- Nic nie pamiętasz?

- Tylko gorąco - odparła. - Nigdy tak wcześniej nie było. Już myślałam, że się spalę. Wtedy ze mnie wyszło. Czułam to, szło przez opuszki palców... Wtedy zaczęłam marznąć i ogarnęła mnie ciemność.

Bergfors pokiwał głową. Wiedział, że musi to zanotować. Podniecony, zastanawiał się, czy jemu przypadnie rozwiązanie tej zagadki. Po dzisiejszej nocy już nigdy nie zaprzeczy istnieniu zjawisk ponadnaturalnych.

- Zabandażuję go teraz - powiedział. - Gdy się obudzi, zobaczysz się z nim. Musimy go nakarmić.

- Jak to robicie?

- Dajemy mu piwo przez słomkę. Ma wartości odżywcze, może uśmierza ból. Ale trudno zmusić go do ssania. Sprawia mu to trudność.

Maja zrozumiała. Ailo nie miał już warg, nie miał skóry. Miał tylko otwór po ustach.

- William jest na dole - dodał lekarz. - Przeżycia dzisiejszej nocy nieco go przerosły. Nie wie, co o tym sądzić.

- Nie tylko on - uśmiechnęła się Maja.

Bergfors popatrzył na nią długo.

- To nie jest moja sprawa - rzucił w końcu - ale twój mąż nie jest już dla ciebie mężczyzną. Podziwiam twoją lojalność. Jednak jesteś jeszcze młoda...

– Nie mów więcej! – poprosiła Maja. – Wiem, o czym myślisz, ale nie mów o tym!

Lekarz miał serdeczne spojrzenie. Czuła, że nie był tylko dobrze opłacanym lokajem Runefeltów. Był współczującym człowiekiem.

Zeszła na dół. Znów ujrzała te piękne przedmioty. Cieszyły jej wzrok. Drzwi do pokoju z książkami, biblioteki, jak go William nazwał, stały uchylone. Z kuchni dochodziły ją głosy mówiące coś cicho wesołym tonem. Jak ktokolwiek mógł być teraz wesoły? Ale to nie była ich walka. Oni nie musieli wczuwać się w życie innych... Może ich dzień zasługiwał na to, żeby witać go śmiechem...

William siedział w głębokim fotelu. Palił fajkę albo raczej trzymał ją dymiącą w dłoniach.

– Jak z Ailo? – spytał.

Maja opadła na sofę i z ulgą wyciągnęła nogi.

– Bergfors mówi, że on przeżyje.

William pokiwał głową. Patrzył na Maję, jakby widział ją po raz pierwszy w życiu. Próbował dopatrzeć się czegoś odbiegającego od normy, czegoś, czego brak zwykłym śmiertelnikom, ale nic takiego nie znalazł. Widział tylko młodą kobietę.

– Kim ty jesteś, Mario?

– Dzieckiem miłości – odpowiedziała. – Urodzonym w grzechu. Moja matka była Finką, a mój ojciec Lapończykiem. Kochali się tak, że unieszczęśliwili wielu innych. Oboje mieli niepokój we krwi. Mikkal i jego Mały Kruk. Nic więc dziwnego, że to się trochę odbija na mnie...

– Mały Kruk?

– Tak nazywał mamę. – Maja wzruszyła ramionami. – Nie pytaj mnie, dlaczego. Ale on zawsze rzeźbił ptaki, tak jak teraz Ailo. Może dlatego jesteśmy takimi wędrownymi ptakami.

– To jakby wasz herb – stwierdził William. – Mój to dwa miecze i kwiat.

Odłożył fajkę do popielniczki i splótł dłonie.

– Opowiem ci, dlaczego poszło źle.

Maja objęła rękami kolana.

– W załodze statku było dwóch naszych. Statek miał zacumować trochę za Karlsborg, w Båtskärnäs. Ale zacumował w Karlsborg. To nam utrudniło sytuację; gdyby nas odkryto, bylibyśmy narażeni na atak stacjonujących tam żołnierzy. Było nas dwunastu w trzech łódkach. Wyruszyliśmy pod osłoną ciemności. Wspięliśmy się na statek i okazało się, że zostało tam więcej załogi, niż się spodziewaliśmy. Jeden z naszych stchórzył i zszedł na ląd razem z załogą. Teraz myślę, że mógł na nas donieść... Przejęliśmy kontrolę nad statkiem bez użycia przemocy. Zaczęliśmy opuszczać beczki z prochem. Nie chcieliśmy zabrać wszystkich, tylko kilka.

Wziął głęboki oddech.

– Dostrzegli nas z lądu. Wysłali dwóch ludzi, którzy dostali się na statek. Nie zauważyliśmy ich, sądziliśmy, że wszystko jest pod kontrolą. To był nasz największy błąd. Jeden z tych ludzi rzucił się na jednego z naszych, który trzymał pochodnię. Wywiązała się bójka. Zapaliły się jakieś liny. Jedna beczka rozpadła się, proch się rozsypał. Pośrodku tego wszystkiego znajdowało się pięciu mężczyzn. Ailo chwycił pochodnię, chciał zapobiec katastrofie. Wtedy nastąpił wybuch. Mnie odrzuciło na burtę. Było to morze płomieni, istne piekło. Wskoczyliśmy do wody. Jeden z naszych wziął Ailo. Razem z jeszcze dwoma dopłynęliśmy do łódki, wciągnęliśmy Ailo i oddaliliśmy się od brzegu. Kluczyliśmy pomiędzy małymi szkierami i uniknęliśmy pościgu. Gdy nastał dzień, uznaliśmy, że Ailo nie żyje. Odniósł takie obrażenia... Ale dotarliśmy tu i posłałem po Bergforsa. Mój ojciec jest w Sztokholmie, ale pewnie niedługo wróci. Niepokoje utrudniają mu handel.

– Rozpoznano cię?

– W masce? Ubranego na czarno? – skrzywił się. – Nie sądzę. Zresztą nikogo z naszych nie dostali żywego. Jeszcze nie wiem, ilu straciliśmy.

– Był z wami wysoki chłopak, blondyn? Syn chłopa, całkiem ładny. Siedemnaście, osiemnaście lat. Nazywa się Kari Kivijärvi. Pamiętasz go?

William skinął głową.

– Odważny i arogancki jak sam diabeł. Nie wiem, co się z nim stało. Z nami go nie było. Kim on jest dla ciebie?

– Moim wujem – uśmiechnęła się Maja. – Moje relacje rodzinne każdego zaskakują. Nie każ mi ich tłumaczyć. Już nie mam sił.

– Chodź ze mną na spacer – zaproponował. – Ściany mnie duszą. Ale jeszcze boję się być sam. Nie musisz ze mną rozmawiać. Po prostu bądź.

Skinęła głową.

Oboje cierpieli z powodu katastrofy. Wzajemna obecność przynosiła im ulgę.

Rozdział 10

Poszli do lasu. Jasnozielone brzozy zmieszane były z ponurymi świerkami, lepiej pasującymi do ich nastroju.

William podwinął rękawy koszuli. Maja pociła się w swoim skórzanym stroju. Ściągnęła kurtkę. Miała pod nią jedną ze swoich przyzwoitych bluzek z miękkiej flaneli, też zbyt ciepłą na taki letni dzień.

– Boisz się, że cię złapią? – spytała Maja.

Szli wąską ścieżką. On szedł przed nią.

– Nie myślałem o tym – odpowiedział, nie przestając iść. – Ale po pożarze na statku, po tym, co spotkało Ailo, boję się śmierci.

Maja rozumiała go. Ją także uderzyło, jak mała odległość oddziela życie od śmierci. Ocknął się w niej na wpół zapomniany obraz. Nagle zrozumiała, kim był ten jeździec na koniu z jej snu.

Roto.

Lapoński bóg śmierci. Posłaniec choroby.

Nic dziwnego, że jego śmiech brzmiał zwycięsko. Przecież w końcu zawsze wygrywał.

Przez ciało Mai przebiegł zimny dreszcz. Zobaczyła przed sobą Ailo. Wiedziała, jak jego naród go nazwie.

Naznaczony przez Roto.

Doszli do plaży. Piasek był biały jak śnieg, drobny i delikatny. Szło się po nim jak po dywanie.

William usiadł, opierając ręce o podciągnięte kolana. Rozpiął jeszcze jeden guzik koszuli.

Maja ściągnęła buty. Miała bose nogi. Dobrze było zanurzyć palce stóp w ciepłym piasku. Całkiem nowe przeżycie. Nad jej fiordem nie było takiego piasku.

– Co teraz pozostało z twoich marzeń? – spytała Maja, zerkając na zielone wybrzeże Finlandii. – Z wielkich marzeń o niezależności i wolności?

– To nas nie załamie – odpowiedział, lecz już nie tak pewnym tonem jak wcześniej. Nie był przygotowany na poświęcanie życia ludzi. Nie brał pod uwagę przelewu krwi.

Maja zrozumiała, że ci, którzy to planowali, pochodzili z klasy, która wydawała oficerów. Zwykłymi żołnierzami byli zawsze chłopi. A na wojnie przeważnie ginęli żołnierze...

– Musimy się przyczaić na pewien czas – dodał.

Maja zrozumiała, że nadal będzie musiała przechowywać pistolety.

– Myślisz, że on nas znienawidzi za to, że go uratowaliśmy? – spytał William.

– Ailo?

Maja bawiła się piaskiem. Przed oczami stanęła jej zmasakrowana twarz brata. Spróbowała wyobrazić sobie ją pokrytą skórą. Nie udało jej się.

– On był taki ładny – powiedziała. – Biedna Ida! Tak niedawno się pobrali. Nie wiem, czy ona będzie w stanie to znieść. Taki straszliwy szok!

– Myślę, że wolałbym umrzeć – wyznał William – niż to.

– Większość wydarzeń ma jakiś sens – odparła.

– Widzisz w tym jakiś sens?

Nie odpowiedziała.

– Czy możesz zostać? – spytał, nie patrząc na nią. Łatwiej mu było zaczepić wzrok o lekko pofalowaną powierzchnię wody.

- Tutaj?

Potwierdził skinieniem głowy. Wydawał się bezbronny, twarz odzwierciedlała jego uczucia.

- Wiesz, że to niemożliwe - Maja ostrożnie dobierała słowa. - Oczywiście zostanę tak długo, jak będę potrzebna Ailo. Ale Heino jest także zależny ode mnie. Całkiem zależny.

- I to właśnie sprawia, że wszystko staje się tak trudne - pokiwał głową William. - Czuję się jak przestępca. Jak łobuz, który okrada kogoś, kto nic nie ma...

- Jeszcze nic nie ukradłeś Heino, William - odparła Maja spokojnie. - Nie masz za co przepraszać ani za co czuć się nie w porządku.

- Jeszcze nie? - William aż się do niej odwrócił. Badał jej twarz. Nie mógł na to nic poradzić. Jego oczy nigdy dotąd nie widziały kobiety tak interesującej, ponętnej, tak wartej zachodu i wysiłków. - Niebezpiecznie jest dawać mi nadzieję, wiesz.

- Nie to miałam na myśli - powiedziała Maja, ale wiedziała, że świadomie wybrała te słowa. Mogła się odważyć je wypowiedzieć. Miała czas się nad nimi zastanowić. Ale nadal kochała Heino. Czuła się tak zagubiona...

- Pewnie sądzisz, że to chwilowe zakochanie, prawda? - spytał, nadając nazwę temu, co powstało między nimi.

- Czyż nie? - odpowiedziała pytaniem Maja, a jej oczy znów stały się oczyma mądrej, doświadczonej kobiety. Nigdy tego nie widział u osoby tak młodej. Ale Maja na pewno nie jest zwykłą młodą kobietą, to już wiedział!

- ...Różnię się od kobiet, które znałeś, Williamie. Dlatego uważasz, że jestem fascynująca. Spotkaliśmy się w niezwykłych okolicznościach, to też ma znaczenie. Nie sądzę, żeby to było czymś więcej. A poza tym tak wiele stoi temu na przeszkodzie...

- Masz męża - pokiwał głową. - To jest główna przeszkoda. Nic innego się nie liczy. To, że pochodzimy z innych klas, jest bez znaczenia.

- Może dla ciebie - odrzekła Maja. - Ty nie musiałbyś niczego zmieniać. Temu, kto przechodzi w wyższe sfery, na pewno jest trudniej.

William przyznał, że o tym nie pomyślał.

- Ale to coś więcej - dodał. - Więcej niż chwilowe zauroczenie. Więcej niż pożądanie. Więcej niż to, że różnisz się tak bardzo od wszystkich kobiet, jakie znam. Coś we mnie się stało tej nocy, gdy cię ujrzałem, całą we krwi, dumnie stojącą przed moim ojcem. Odeszłaś od konających i nic cię nie obchodziło, kim on jest. Byłaś pewnie pierwszym człowiekiem, który tak go potraktował. Wtedy zrozumiałem, że jesteś kimś, kto mógłby mnie zobaczyć takim, jakim jestem naprawdę. Wiedziałem... - przerwał sam sobie. - U diabła, siedzę tak i staram się uszczęśliwić swoją nieodwzajemnioną miłością zamężną kobietę!

- Możesz mieć, kogo chcesz, Williamie - powiedziała Maja delikatnie. - Nie musisz się mną męczyć. Możesz mieć, kogo chcesz. Nie pozwól, żebym zmarnowała ci życie!

- Wszystkie. Z wyjątkiem tej jedynej - odparł. Spojrzenie miał poważne. Jeden policzek mu drgał, jakby powstrzymywał płacz.

- Zapominasz, że ja kocham Heino - dodała Maja. - A jestem kobietą jednego mężczyzny. Jakiś czas potrwało, zanim zrozumiałam, że go kocham. Nic się ze mną nie dzieje nagle. Ja nie zakochuję się od pierwszego wejrzenia, Williamie.

- Wolno mi żałować, że nie spotkałem cię pierwszy, prawda? - William podniósł się i wyciągnął do niej rękę. Przyjęła ją i wstała. William podał jej buty.

Poszli wzdłuż plaży. Szli tak blisko, że mogli się trzymać za ręce, gdyby chcieli, tak blisko, że czuli obecność swoich ciał.

Maja odnalazła w tym spokój. Podobało jej się, że tak szli w ciszy. Mimo że znała jego uczucia, wiedziała, że nie stanowi dla niej zagrożenia.

Gdy plaża stała się bardziej kamienista, usiadła, a on pomógł jej wciągnąć buty. Takie drobiazgi odróżniały ich światy. W świecie Mai kobiety radziły sobie same. W świecie Williama traktowano je jak delikatne róże.

Mai to się podobało. Inaczej nie byłaby kobietą.

W pewnym momencie się potknęła, ale William zdążył ją podtrzymać i wciągnąć na pas sztywnej trawy ponad kamieniami. Jego dłoń trzymała jej dłoń, była silna i ciepła.

Poszli tak dalej, ręka w rękę. On był wysoki i miał długie nogi, ona niska i stawiała drobne kroki.

W oddali na morzu widzieli małe łodzie rybackie. Ludzie wydawali się wielkości lalek.

William objął ją ramieniem.

To nie było właściwe, ale wcale tego tak nie odbierali.

– Czuję się jak kawałek drewna unoszony przez fale – rzuciła Maja, patrząc na właśnie taki kawałek, który utkwił pomiędzy kamieniami. – Wszystko zależy od przypadku. Gdy już mi się wydaje, że mam cel w życiu, coś, czemu się mogę poświęcić, wpadam wtedy w jakiś wir, który mnie wyrzuca gdzie indziej. Nic się nie dzieje zgodnie z przewidywaniami...

– A czy ktokolwiek tak ma? – spytał. – Żyje zgodnie z przewidywaniami? Któż żyje według planu? Naprawdę chciałabyś tak?

– Może i nie...

– Czy ja jestem takim wirem? – William zatrzymał

się i położył ręce na jej ramionach. Delikatnie, jakby była z bezcennej porcelany. - Czy to tak wszedłem w twoje życie?

Maja potrząsnęła głową.

- Byłeś czymś nieprzyjemnym - odrzekła Maja z lekkim uśmiechem. - Nie ma dla ciebie miejsca w moim życiu, Williamie Samuli Hugo Runefelcie.

- Zapamiętałaś moje wszystkie imiona?

Maja wysunęła się spod jego uścisku. Usiadła na kępie trawy na zboczu schodzącym w stronę morza. Zerwała źdźbło trawy i gryzła je w zamyśleniu.

- Może dlatego, że ten Samuli tak nie pasuje do tych pozostałych arystokratycznych imion.

Usiadł koło niej. Wyjął jej źdźbło, dotknął nim swoich ust i schował do kieszeni kamizelki.

- Serce mojej matki biło dla ojczyzny. Nie poddała się, gdy ojciec chciał mnie nazwać Samuel, i zostało Samuli.

- Nie jesteś żadnym wirem, Williamie - odparła w końcu Maja. - Moje życie nie potoczy się inną drogą z twojego powodu. Możemy się tu spotykać tak rzadko, że niemal nigdy. Pozostaniemy przyjaciółmi. Ja żyję tylko wtedy, gdy przebywam z ludźmi mojego pokroju. To, co dzieje się teraz, to jakby odpoczynek od sianokosów mojego życia. Ale tego pewnie też nie przeżyłeś? Nigdy nie byłeś na sianokosach?

William potrząsnął głową.

- Tylu rzeczy nie przeżyłeś!

Maria była jedyną osobą, która mogła coś takiego powiedzieć. Ona nigdy nie zazdrościłaby mu balu na dworze króla, gdzie szeleściły jedwabne suknie. Nigdy nie zazdrościłaby mu srebrnych sztućców i porcelanowej zastawy. Nigdy nie byłaby dla niej celem walka o to, co liczyło się w jego kręgach. W jego nudnych kręgach...

Maria była jedyną, która mogłaby go kochać za to, kim naprawdę jest, a nie dla ideału, który chciał w nim widzieć jego ojciec i którym tak bardzo lubił się szczycić. Ale jej serce było dla niego zamknięte.

- To, czego nie przeżyłem, chcę przeżyć teraz - stwierdził stanowczo. Przesunął się w stronę Mai, nie dotykając jej. Maja pozostała na miejscu. Widziała jego zbliżającą się twarz, rozchylone usta, jego oczy...

Aż dotknął jej ust. Nie był to ostrożny pocałunek, wargi Williama były samym ogniem, bólem i zmysłowością.

Nawet jej nie objął.

Tylko ich usta się dotykały. Tylko głodne usta w desperacji smakowały i smakowały i nie mogły się nasycić.

Znów Maja pierwsza się wycofała. Znów uciekła przed tą zmysłowością, której się lękała, tym bardziej że czuła, iż przyszła zbyt łatwo.

- Warto było? - spytała.

William skinął głową. Grzywka opadła mu na oczy i ukryła jego spojrzenie.

- Tak - odrzekł i wstał. Poszedł, nie oglądając się na nią.

Maja zerwała się i dogoniła go. Chciała ująć go za rękę, ale się nie odważyła. Napięcie między nimi stało się zbyt wielkie.

Szli razem w milczeniu, każde pogrążone w myślach. W myślach, którymi nie mogli się podzielić.

Wkrótce oddalili się od plaży. Weszli na ścieżki prowadzące przez las w stronę domu.

- Jeżeli odpoczynek od sianokosów jest podobny do tego - powiedział, stając na pierwszych stopniach - to wiem, że ominęło mnie coś niezwykłego. Uczynisz mnie szczęśliwym, Mario, jeśli pozwolisz mi wziąć w nich udział.

Niepewnie pokiwała głową. Sama nie wiedziała, na co się godzi. Ale wiedziała także, iż William Runefelt znaczy już dla niej zbyt wiele, żeby mogła go wymazać z życia.

Ona też zasługuje w swoim życiu na chwile odpoczynku. Chwile, gdy nie robi nic pożytecznego, gdy wczuwa się w siebie i wydobywa na światło dzienne te swoje strony, których nikt nie znał.

Nikt poza tym obcym mężczyzną, który chyba ją kocha.

– Jak tu pięknie, Williamie – powiedziała, ogarniając wzrokiem ogród. Też nie był pożyteczny, a tylko ładny. I wymagał wiele pracy, żeby takim się stać. – Chciałabym, żeby to miejsce na mnie czekało.

– A ja?

– Ty też – odpowiedziała Maja, spoglądając na Williama. Może dała mu obietnicę, która wiązała go z nią, zamiast zapewniać wolność. Obiecywała więcej, niż mogła dotrzymać.

Dzieliło ich tak wiele. Na to, co ich łączyło, nie wystarczało nawet określenie „szaleństwo"...

– Nie zdążyłaś się odświeżyć.

– Później. Najpierw muszę zajrzeć do Ailo.

W oczach Ailo dostrzegła życie. Bergfors zabandażował go tak dokładnie, że widać było tylko oczy i otwór ust.

Talerz zupy stojący na stoliku zdradzał, że próbowali go karmić. Maja mogła sobie wyobrazić, jaki ból musiało to sprawić bratu.

– Dostaje morfinę – odezwał się lekarz. – To proszek, który koi ból. Mówiłem ci chyba?

Maja nie odpowiedziała. Usiadła na posłaniu Ailo. Gdy wzięła go za rękę, poczuła słaby uścisk, znak, że ją poznaje.

Mai wydawało się, że napotkała jego wzrok.

– Zrobię dla ciebie, co mogę, Ailo – powiedziała cicho. Łzy płynęły jej z oczu. – Wszystko, co w mojej mocy. Ale ty też musisz walczyć. Bez tego nic nie wskóram. Musisz walczyć.

Znów ten słaby uścisk. Maja uniosła dłoń brata do ust i ucałowała, a łzy ją oślepiały. Poczuła, jak jego ręka robi się cięższa. Zasnął.

Siedziała jeszcze przy nim długo, wypełniona jedyną myślą: „Oby Ailo wyzdrowiał!"

Nadal płakała, gdy w końcu włożyła rękę brata pod pled i dobrze okryła. Długo patrzyła na białe bandaże, pragnąc, aby wydarzył się cud. Ale to leżało poza jej możliwościami.

– Trzeba czasu – powiedział Bergfors, wyprowadzając ją łagodnie z pokoju. – Czasu. To imię najlepszego lekarza, jakiego znam.

William zadbał o to, żeby dostała ten sam pokój, co poprzednio, gdy niemal porwał ją na wyspę. Gdy siedziała u Ailo, ktoś naniósł wody na kąpiel. Balia stała pełna.

Maja zastanawiała się przez chwilę, czy William umie czytać w myślach. Ale stwierdziła, że kąpiel była dla niego czymś normalnym. Nie pamiętała, żeby kiedykolwiek czuła od niego przykry zapach. On nigdy nie musiał się pocić. Maj kojarzył się z nim zapach tytoniu do fajki i jeszcze inny, męski, pochodzący na pewno z jakiegoś słoiczka czy buteleczki. Było to coś jakby korzennego, wytwarzanego w dalekich krajach.

Bez wahania weszła do balii. Mydło czekało na nią,

pachnące łąką, latem, kwiatami... Nie mógł ofiarować jej lepszego prezentu. Biżuteria była dla innych kobiet, Mai wystarczało pachnące mydło.

Przebrała się. Nie wzięła ze sobą pończoch ani pantofli, a w butach do jazdy konnej na pewno nie będzie chodziła po tym domu. Nie wzięła także grzebienia, więc mokre włosy rozczesała palcami.

Boso, z włosami spływającymi na plecy weszła na salony. Wyglądała na dziewczynkę z bajki, której należało się szczęście, chwała i książę, i która w końcu została księżniczką.

William także zmienił ubranie, ogolił się, umył włosy. Biała koszula była rozpięta pod szyją, spodnie w czerwonobrązowym kolorze opinały wąskie biodra i długie nogi. Na stopach miał buty z miękkiej, czarnej skóry.

– W tym domu są pantofle – odezwał się z uśmiechem, gdy Maja opadła na jeden z foteli. – A także pończochy.

Maja potrząsnęła głową.

– Po poprzednich przyjaciółkach? Zakupione na wszelki wypadek? Nie, Williamie, dziękuję, nie skorzystam.

Nikt inny nie odciąłby mu się w ten sposób.

– Jak Ailo?

– Chyba mnie poznał. Ale okrywało go tyle warstw bandaży, że nie jestem pewna.

– Masz ochotę na herbatę? – spytał. – Piłaś kiedyś herbatę?

– Oczywiście – odpowiedziała, mimo że nie pamiętała jej smaku. – Płynęłam kiedyś statkiem rosyjskich kupców. Jako dziewczynka – dodała, widząc jego zdumienie. – Moja matka zamierzała poślubić brata kapitana.

- Uśmiechnęła się. - Miałam ciekawe życie. Ale tak fascynująca jak moja matka nigdy nie będę.

Pokręcił głową.

- Opowiesz mi o tym kiedyś?
- Zależy, ile takich odpoczynków będzie nam dane - odpowiedziała. - Ale raczej nie chcę herbaty. Jej smak wywołałby nieprzyjemne wspomnienia.
- Widziałaś moją altanę?

Maja musiała się uśmiechnąć do Williama. Był jak chłopiec chwalący się najładniejszymi zabawkami.

- Ostatnio nie było co oglądać - odpowiedziała. - Teraz podobają mi się kwiaty.

William złapał ją za rękę i pociągnął za sobą. Na schodach odtańczył z nią taniec, nie przejmując się służącymi, które wychyliły głowy z kuchni, uśmiechając się do pana. Większość z nich miała na niego ochotę, ale on nie był z tych, którzy podszczypują pokojówki. Nie wiedziały, kim jest ta dziwna pani, która przyjechała nocą, ale uważały, że to dobrze słyszeć śmiech pana Runefelta.

- To tak pasuje, że jesteś boso na trawie - rzucił, gdy biegli ku altanie.

W ogrodzie rosły róże.

Maja opadła na kolana w trawie. Wszędzie było pełno róż w pączkach, gotowych rozkwitnąć lada chwila: białych, różowych, czerwonych... Nigdy wcześniej nie widziała róż. Pełną piersią wciągnęła ich zapach.

Wokół rosły inne kwiaty w odcieniach różu. Maja nie znała ich nazw. Tam, skąd pochodziła, nie zakładano ogrodów. Wystarczająco wiele trudu musieli włożyć w to, żeby ziemia dała chleb.

Zresztą na łąkach kwitło wiele pięknych kwiatów, jeśli komuś chciało się przypatrzeć.

Ale jakże tu było pięknie!

William ułamał gałązkę z pączkiem róży. Czerwonej, jednej z tych, które potrzebowały jeszcze kilku promieni słońca, aby rozkwitnąć.

Maja miała niemal wyrzuty sumienia, gdy dał jej tę różę.

– Jest śliczna – powiedziała wzruszona, podnosząc ją do nosa. Powąchała, przesunęła po policzku, aby poczuć jej miękkość.

William pchnął drzwi altany i wpuścił Maję. Stały tam stolik i ława wzdłuż siedmiu z ośmiu ścian. Wszędzie poduszki. Okna wychodzące na morze były przezroczyste. To miejsce należało do jego matki. Nigdy nie przyprowadził tu żadnej ze swoich przyjaciółek. Kilka z nich gościło na wyspie, ale żadnej nie zaprosił do altany.

Maja była pierwsza. Jedyna. Uważał, że ona odczuje atmosferę, która panowała w tym miejscu. Zrozumie, że znaczyło dla niego wiele.

Maja zatrzymała się obok stolika z wazonem pełnym kwiatów. Witraże okien ukazywały ogrody z południowych krain. Nigdy czegoś takiego nie widziała, nie miała pojęcia, że ze szkła można stworzyć coś takiego. Musiała ich dotknąć – delikatnie, samymi opuszkami palców. To było szkło, a zarazem odbicie czyjejś duszy. Maja nigdy nie uczyła się o sztuce, ale umiała ją dostrzec.

Przez zwykłe szkło wchodziły do środka obrazy otaczającej ich natury: morze, plaża, widok Oulu i wybrzeża Finlandii. To było okno na Finlandię.

– Podoba ci się?

Mogła tylko pokiwać głową, oszołomiona. Jej serce było wrażliwe na piękno.

– Jeżeli umrę młodo – odezwał się za jej plecami – ofiaruję ci to miejsce, Mario. Tę wyspę.

Nie protestowała. Nie brała jego słów na poważnie, czuła się, jakby była we śnie.

William stanął tuż za nią. Objął ją i oparł policzek o jej włosy. Patrzył na to samo, co ona. Delikatnie pocałował skroń, potem czoło. Wargi przesunęły się pieszczotliwie wzdłuż blizn na jej policzkach. Ramiona zamknęły na jej talii.

– Czy możemy przeżyć tę chwilę razem? – spytał. – Tylko tę chwilę, i udawać, że jej nigdy nie było? Przeżyć ją w pełni, nie żałując, bo tak naprawdę się nie zdarzyła?

Obrócił ją ku sobie, nie wypuszczając z objęć.

– Tylko że ja jej nigdy nie zapomnę – odpowiedział sobie William, obsypując jej twarz pocałunkami. – Zachowam ją w pamięci i nigdy nie zapomnę.

Dłonie objęły twarz Mai, usta przykryły usta. Maja oddała mu pocałunek, splatając ramiona za jego plecami.

Jej usta nie wypowiedziały słów przyzwolenia.

Dobrze było znaleźć się w objęciach mężczyzny, poczuć ciepło jego ciała. Być kobietą wzbudzającą pożądanie...

Jego palce z łatwością porozpinały guziki bluzki, równie łatwo poradziły sobie ze spódnicą.

Padł przed nią na kolana, ściągając jej ubranie, podczas gdy usta pieściły odkrytą skórę. Wiedziała, że go przyjmie, czuła, że go pożąda, ale jednocześnie ogarniało ją paraliżujące zdumienie, że jest w stanie czuć pociąg do mężczyzny, którego nie kocha.

Jej palce wplotły się w jego jasne włosy, przycisnęły głowę do piersi, pragnęła czuć na nich dotyk jego dłoni i gorących ust.

Nagle zrozumiała, że nieświadomie pragnęła tego od czasu odjazdu z domu. Przecież nie bez powodu spakowała swoją najładniejszą bieliznę.

William i tak nie zwracał na nią uwagi. Był jak oślepiony jej nagą skórą, starał się jak najprędzej uwolnić ją z długich majtek.

Maja opadła na poduszki ławy, rozwarła kolana przed jego dłońmi i ustami, które pragnęły tylko dawać i dawać, aż zagryzła wargi z rozkoszy.

– Zrób to też dla siebie, William – poprosiła. – Chodź!

Podniósł się powoli. Ciasne spodnie nie mogły ukryć jego pożądania, no i tego, że był hojnie obdarowany przez naturę. Rozpiął spodnie, usiadł obok niej na ławie i wciągnął ją na kolana. Skierował jej biodra tak, że opadała i opadała, aż pozwolił jej znów się wznieść.

Akt miłosny pośród szklanych kwiatów. Nierzeczywisty, mały Eden.

Dawali sobie nawzajem ciepło, pozwalając rozpalić się potężnym płomieniom pożądania. Dawali i otrzymywali zmysłowość i rozkosz. Dawali siebie w tej chwili raju, który nie był dla nich stworzony.

Gdy stanęli przed sobą, znów w ubraniach, znali się lepiej. Na tyle dobrze, że zrozumieli, że to nic między nimi nie zmieni.

– Jesteś różą mojego życia, Mario – powiedział tylko.

– Mów do mnie Maja – odparła. – Tylko to się zmieniło.

William pogładził ją po włosach. Miał w rękach klejnot, który chciał zachować na całe życie. Albo raczej miał jego blask. Ten klejnot nie był oszlifowany dla niego. Miał błyszczeć dla innego mężczyzny.

– Nic na to nie poradzę, Maju – rzekł. – Kocham cię.

Uśmiechnęła się. Wyjrzała przez okno. Tam leżała jej Finlandia. Ta bajeczna kraina tutaj nie należała do niej.

Rozdział 11

Maja pozostała cały tydzień. W ciągu tego czasu statek przypływał na wyspę cztery razy. Przywoził młodych mężczyzn na rozmowy z Williamem. Mężczyzn, którzy należeli do jego klasy.

Maja nigdy ich nie spotkała. Dla nich chciała pozostać niewidzialna. William prosił ją kilkakrotnie, by się nie kryła, gdy mieli przyjechać.

– Nie chcę cię krępować – oznajmiła. – Co zamierzasz im o mnie powiedzieć? Co sobie pomyślą? O czym będą mówić, gdy wrócą do domu? Ja nie potrzebuję plotek. Ty też nie. Każde z nas żyje własnym życiem, Williamie. Ja nie jestem częścią twojego ani ty mojego.

– Twarda jesteś.

– W moim świecie to konieczne. Ten, kto nie jest twardy, kogo daje się wykorzystywać, zostanie zdeptany. Ze mną to się nie stanie!

William był pewien, że to nigdy nie nastąpi. Ta kobieta miała siłę, której mógł jej tylko zazdrościć.

Zrozumiał też, że miała rację. Miał ogromną ochotę pokazać Maję światu, ale napotykał mur nie do przebicia. Przedstawienie jej prowadziłoby do niekończących się pytań, na które nie chciał odpowiadać.

A to postawiłoby ich oboje w niezręcznej sytuacji.

Jego przyjaciele przywieźli nowiny. Nazwiska poległych. Wiadomość o tym, że jeden z nich prawdopodobnie zdążył przed akcją powiedzieć za dużo swojemu bratu. Ten nie zamierzał milczeć. Odwiedził jednego z przyjaciół Williama z propozycją, by jego milczenie kupiono.

Wszyscy chodzili na palcach. Wiedzieli, że wielu nastawia uszu z nadzieją, że usłyszą, kto jeszcze jest przeciwko królowi. Ich akcja nie uszła uwagi ważniejszych osób.

Ailo odzyskał przytomność. Odmówił brania większych porcji morfiny.

Maja była akurat u niego, gdy przebudził się na dłużej.

– Przyjechałaś, siostro – rzekł.

Oczy, które Maja mogła dostrzec spod bandaży, pociemniały od bólu. Rozumiała, jakiego cierpienia musi przysparzać Ailo mówienie. Rany pokryła już warstewka skóry, cienkiej i delikatnej, gotowej pęknąć przy większym ruchu.

– Leżę tak, naznaczony przez Roto.

Zimny dreszcz przebiegł po plecach Mai. Że on też tak pomyślał!

– Czasem wydaje mi się, że oboje tacy jesteśmy, Ailo – odrzekła, ściskając jego dłoń. – Naznaczeni przez Roto. Nasza cała rodzina.

– Czy to byłaś ty? – spytał. – Ocaliłaś mnie?

– Tak, to ona – odpowiedział Bergfors za Maję. – To jej możesz dziękować za ocalenie życia. Myślałem, że umrzesz tamtej nocy.

– Było tak jasno – mówił Ailo. – Czy to było Saivo? Byłem tam. Słyszałem odgłos kopyt końskich. Śmiech. Potem zrobiło się ciepło. To musiałaś być ty, Maju...

Ailo ostrożnie poruszał ustami, starając się je stykać jak najdelikatniej, żeby nie zwiększać bólu.

– Był też ptak, złocisty ptak, taki jak z bajki...

Bergfors chłonął jego słowa. Zadrżał, gdy opisał ciepło. Maja też o tym mówiła. On to widział. To było dziwniejsze, niż sądził. Przerażające.

Po głowie błąkało mu się słowo: „czarownica". Łatwo by określić to w ten sposób.

To było tak obce wszystkiemu, co znał i co było uznane.

– Zostaniesz tutaj – powiedziała Maja. – Wyzdrowiejesz. Zaczekamy na ciebie, no i ten ktoś w Norwegii. Mogłabym wysłać list do Idy, żeby wiedziała, co się z tobą dzieje.

– Nie! Nie! Nie do Idy!

Gwałtowność jego protestu przestraszyła Maję i Bergforsa.

– Czy coś jest tam... pod spodem?

Palce Ailo chciały zerwać bandaże. Maja powstrzymała go siłą.

– Czy dacie mi przejrzeć się w lustrze... bez bandaży?

– Nie, Ailo – Maja potrząsnęła głową.

– Czyli jestem martwy. Umarłem dla Idy. Tak będzie najlepiej. Tak chcę.

Bergfors podniósł się, by dać mu więcej morfiny.

– Nie chcę tego. Wolę ból. Nie chcę się otumaniać.

– Przynajmniej weź na noc – poprosiła Maja. – Potrzebujesz snu, Ailo. Nie musisz być tak hardy.

– Miałem jechać do domu – powiedział, nie zważając na jej słowa. – Udowodnić, że jestem mężczyzną...

Nie zdołał zapłakać, mimo że jego serce krwawiło.

– Zostawcie mnie samego! Samego!

Maja już nie miała powodu, aby być tam dłużej. Coś w niej chciało tego, ale to nie była ta Maja, którą pragnęła być. Dokonała wyboru.

William zrozumiał to, gdy na śniadanie zeszła ubrana w skórzany strój do konnej jazdy.

Już nie była bosonogą księżniczką, tylko kobietą z dziczy, która wiedziała, czego chce.

- Wracam dziś do domu, William. Czekają tam na mnie. Ailo ma tutaj opiekę.
- A ja przeżyję bez ciebie?

Pokiwała głową.

- Tak sądzę.
- Wrócisz?
- Gdy Ailo będzie tego potrzebował.
- A Åkerblom?

Maja z roztargnieniem nawinęła na palec pasmo włosów.

- Chętnie będę handlowała z Åkerblomem - rzekła. - Ale nie wiem, czy nadal będę spełniać wszystkie jego życzenia.

William zerwał się z fotela i porwał Maję w ramiona. Uścisnął ją z całych sił, jak tylko kochający mężczyzna potrafi.

- Nie znikaj z mojego życia, Maju! Nie spraw, żeby stało się puste i bez wartości!

Pocałował ją tak mocno, że niemal zmiażdżył jej usta.

- Nie odrzucaj mnie! Nie zmieniaj w kawałek niepotrzebnego drewna!
- Nigdy ci niczego nie obiecywałam, Williamie. - Stanowczo odsunęła się od niego. - Jeśli będę potrzebowała przerw w moim życiu, przyjadę tu - mówiła. - I zdaję sobie sprawę, że pewnego dnia cię tu nie zastanę.

Nikt nie może tak żyć. Ty też nie. Pewnego dnia powiesz dość. Sam wiesz, że nie możesz mnie mieć, dopóki kocham mężczyznę, który potrzebuje mnie bardziej niż ktokolwiek inny.

William stracił apetyt. Otworzył okno wychodzące na ogród i wciągnął pachnące powietrze. Dostrzegł, że róże przy altanie rozkwitły i stały w pełnej krasie. Już nigdy go nie zachwycą. Będą mu przypominać o tej chwili, o bólu. O przegranej, mimo że sądził, że będzie mógł wygrać.

– Jeśli zechcesz się ze mną widzieć, prześlij wiadomość – powiedział z wysiłkiem. – Będę musiał teraz długo przebywać w domu, w Tornio. Udawać posłusznego syna, unikać podejrzeń, nasłuchiwać pogłosek. Ale jeśli zechcesz przyjechać, Maju, będę tutaj. Ailo zostanie, jak długo będzie trzeba, aż odzyska dość sił. Zadbam o to, by zapewniono mu opiekę. Nikt się o nim nie dowie.

Maja spojrzała na wyprostowane plecy i szerokie ramiona Williama. Ujrzała odbicie jego twarzy w szybie...

Nie znalazła dla niego słów pocieszenia. Nie mogła powiedzieć, że wszedł w to z pełną świadomością. Że sam to wymusił, wiedząc, że nie ma przyszłości.

Nie mogła mu tego powiedzieć.

– Statek przybije za kilka godzin – rzucił, nadal stojąc odwrócony plecami. – Na lądzie czeka na ciebie powóz. Jak codziennie, od kiedy przyjechałaś. Zawiezie cię tam, gdzie zostawiliście konie.

Pozostałe godziny spędziła u Ailo. Mówiła do niego. Przywoływała wspomnienia, które dla nich obojga tyle znaczyły. Zauważyła, że opuszcza go napięcie, że czasem próbuje się uśmiechać.

– Naprawdę nie chcesz, żebym powiadamiała Idę? – spytała wreszcie.

– Nie.

– Ona jest moją siostrą. Znam ją i uważam, że jest wystarczająco silna, żeby stawić temu czoło. Jesteś przecież jej mężem. Kocha cię. Zawsze cię kochała, wiem to. I nie przestanie kochać tylko z tego powodu.

– Nie.

– Ciężko jest czekać na kogoś, nie wiedząc, czy on wróci... – Maja spojrzała mu prosto w oczy. – Ja nawet nie kochałam Simona, mimo to niewiedza była piekłem. Zastanawianie się, czy on żyje. Gdzie jest. Czy ja się kiedykolwiek dowiem. Dla Idy to musi być gorsze, bo cię kocha.

– Jeżeli już koniecznie chcesz wysyłać wiadomość, lepiej napisz, że zginąłem, gdy statek wyleciał w powietrze.

– Nie zrobię tego – Maja potrząsnęła głową. – Nie mogę kłamać Idzie. Nie o tobie, nie w ten sposób. Czułabym się, jakbym cię zabijała. – Nabrała oddechu. – Pewnego dnia możesz zmienić zdanie. Gdy rany się zabliźnią, gdy ból ustąpi... Może zechcesz ją wtedy zobaczyć? Nie, nie mogę skłamać.

– A więc nic nie mów.

– Sam nie wiesz, na co ją skazujesz – stwierdziła Maja smutno. – To oczywiście twoja decyzja, ale uważam, że jesteś dla Idy zbyt surowy.

– Ona nigdy nie może mnie zobaczyć... takiego!

Był nieugięty. Maja go już nie naciskała. Nie wrócili do tego tematu.

Postarała się, żeby pożegnanie było lekkie i pogodne.

William odwiózł ją powozem na statek. Objął ją, musiał jej jeszcze dotknąć. Czuł się jak biedak. Nie mógłby jej kupić za pieniądze całego świata.

Zanim wysiadła, pocałował ją mocno.

Zawrócił powóz, nim wsiadła na statek. Nie był w stanie patrzeć, jak odpływa. Wolał ją pamiętać inaczej.

Powóz czekał na Maję, jak było umówione. Musiała się uśmiechnąć. Pojazd nie miał oznak Runefeltów, to na pewno z ostrożności. Nikt nie mógł wiedzieć, że jedzie powozem stanowiącym własność tej rodziny. Była tajemnicą Williama, musiała się z tym pogodzić.

Maja wzięła do domu oba konie, prowadząc jednego za sobą. Jechała tak szybko, jak tylko się dało.

Tęskniła za Heino. Chciała go objąć, poczuć jego zapach. Wiedzieć, że on żyje, że go kocha.

Mur, który on wznosił pomiędzy nimi, osłabiał jej uczucie.

Wszystko byłoby inaczej, gdyby nie ten wypadek.

Heino uważał, że utrata cielesnej części ich związku obracała w ruinę wszystko, co ich łączyło.

To było takie niszczące...

Zagroda wyglądała tak samo, jak gdy ją opuszczała. Dlaczego właściwie miałaby się zmienić?

Parobek wyglądał na ucieszonego jej powrotem. Szybko zapewnił ją, że wszystko jest w porządku.

Poszła prosto do Heino. Siedział za swoim biurkiem, mimo że był późny wieczór. Postanowiła, że nie powie mu, że nocowała pod gołym niebem. Heino marzył przecież, że przeniesie ją przez życie na rękach.

– Ailo żyje? – spytał, zanim jeszcze zdążyła zarzucić mu ręce na szyję i pocałować w policzek.

Był zmęczony. Poznała to po zmarszczce pomiędzy brwiami. Usiadła na krześle przed biurkiem, rozpięła kurtkę i ściągając buty, zaczęła opowiadać.

– Musi tam pozostać – mówiła. – Ma opiekę. Potem,

gdy rany się zabliźnią, sam postanowi, co dalej. Ja uważam, że to źle, że nie chce nic mówić Idzie.

- Ty nigdy nie byłaś aż tak oszpecona - odparł Heino. On rozumiał jego decyzję. - Powiesz mi, gdzie on jest? U kogo?

Maja spojrzała mu w oczy. Opowiedziała mu przecież o wszystkim - oprócz tego.

- Nie, Heino. Nie wolno mi.

Nie naciskał, ale na jego twarzy malowało się coś, czego Maja nie umiała wytłumaczyć.

- Powinnaś się oporządzić, Maju - rzekł. - Potem może pomożesz mi przejść do łóżka.

Popatrzyła na niego. Dojrzała ciemne cienie pod oczami, napięcie w rysach twarzy.

- Sądzę, że najpierw zajmę się tobą, mój Heino. Wyglądasz na bardziej zmęczonego ode mnie.

Teraz też nie protestował. Pomogła mu się rozebrać, zdjąć gorset, umyć się. Przeniosła go na krzesło, do którego przymocowano kółka, i przewiozła na łóżko. Otuliła go dobrze kołdrą. Przysiadła na brzegu posłania, pogładziła po policzkach. Pocałowała.

- Tęskniłam za tobą, Heino - powiedziała cicho. - Tęskniłam tak, aż bolało serce. Kocham cię, wiesz o tym?

Uśmiechnął się słabo.

- A gdzie jest Marja? - przypomniała nagle Maja.

- Odesłałem ją do domu - odparł Heino sztywno. - Nadeszły pogłoski, że w Tornio widziano jej syna. Sądziłem, że może jest w drodze do domu. Tam była bardziej potrzebna. W końcu mamy po coś służbę, prawda?

- Kiedy ją odesłałeś? - spytała Maja pełna niejasnych przeczuć.

- Wczoraj.

Maja oparła czoło o jego czoło. Zamknęła oczy, zrezygnowana.

– Kiedy zaczniesz w końcu myśleć o sobie, Heino?

– Może teraz – odpowiedział. Objął ją. – Jesteś szczęśliwa, Maju?

– Tak. Spokojnym szczęściem. Żyjesz, mimo że mogłeś umrzeć. Wróciłeś do życia i do mnie. Ty jesteś moim życiem, Heino.

– Nigdy nie będzie ci brakowało czegoś innego?

Nie odpowiedziała od razu. Nie wiedziała, jakie słowa wybrać. Przerwy w sianokosach jej życia...

– Nie wiem – odparła w końcu. – Gdy mnie obejmujesz, Heino, gdy dzielisz się ze mną swoim ciepłem, jestem szczęśliwa.

– Chyba zawsze kochałem cię za mocno – mruknął na wpół do siebie. – Może tak, jak mój ojciec kochał twoją matkę. Niszcząco...

– Nie wolno ci tak myśleć! Ani tak mówić. Nikt nigdy nie uczynił mnie bardziej szczęśliwą niż ty.

– Możesz przysiąc?

Jego oczy płonęły niczym kawałki węgla na tle bladej twarzy.

Maja pokiwała głową.

– Przysięgam – odpowiedziała uroczyście. – Nikt nigdy nie dał mi większego szczęścia niż ty! Nikt nie dał mi tyle z siebie co ty, Heino. Nikogo nie kochałam tak mocno, jak kocham ciebie.

– A co pamiętasz najlepiej? – spytał ochryple. – Co pamiętasz najlepiej z naszego życia? Z tych dobrych chwil?

Uśmiechnęła się marzycielsko i położyła obok niego.

– Wypalanie smoły – rzuciła. – Wtedy, gdy z Idą poszłyśmy się kąpać, a za nami dwóch młodych mężczyzn. Ciebie, który uwiodłeś mnie pomiędzy brzozami.

– Co jeszcze?

On też pamiętał ten moment. Pamiętał, jak bardzo był nią zauroczony. Wiedział, że już wtedy ją kochał.

– Noc przed wypadkiem – powiedziała Maja. – Nic się z nią nie równa. Chciałabym umieć zatrzymać czas i uczynić tę noc wieczną. Żylibyśmy w niej zawsze...

Heino przerwał jej pocałunkiem. Takim, który wywoływał z niepamięci dawnego Heino. Który tyle obiecywał...

Nagle puścił ją. W jego spojrzeniu czaił się ból.

– Idź teraz spać, Maju – rzucił. – Potrzebujesz odpoczynku. Jutro porozmawiamy. Jutro będziemy razem cały czas. Jutro powiem ci, jak bardzo cię kocham...

Wstała niechętnie. W głębi duszy miała nadzieję, że pozwoli jej zostać, zasnąć u swego boku. Chciała dzielić jego ciepło.

Ale może nie był jeszcze na to gotowy.

Na stoliku nocnym leżała książka. Nie dostrzegła tytułu.

– Zostaw lampę – powiedział. – Odkryłem przyjemność czytania przed snem.

Pocałowała go w czoło.

– Śpij dobrze, kochanie – uśmiechnęła się. – Bardzo cię kocham.

Patrzył, jak zamyka drzwi. Nasłuchiwał jej kroków. Słyszał, jak idzie po schodach i zamyka drzwi sypialni.

Piękne słowa. Ile pięknych słów. Może i były prawdziwe. Kłamała wtedy, gdy milczała. Maja nie należała do tych, którzy umieją przekonywająco kłamać. Sama o tym wiedziała.

Dlatego milczała.

A on ją tak kochał, że nie był w stanie się nią z nikim dzielić. Może to dla niej nic nie znaczyło, ale dla niego dużo.

Bardzo się starał przypomnieć sobie obraz z galerii portretów Marcusa Runefelta. Pragnął przypomnieć sobie rysy tej twarzy.

Już wtedy poczuł do niej niechęć.

Czy można mieć przeczucia? Chyba nie.

On jednak nie lubił tej twarzy od pierwszej chwili. Widział, jak bardzo się od siebie różnią.

Co, u diabła, Maja w nim zobaczyła?

Marcus Runefelt przyjechał do niego osobiście. Wprowadziła go Marja, dygając. Nie mógł pozwolić, aby została i opowiedziała o tym Mai.

Służba otrzymała rozkaz milczenia. Josef Haapala także.

Maja nigdy nie miała się dowiedzieć.

Marcus Runefelt rozkazał przeszukać dom. Znaleźli drewnianą skrzynkę.

Runefelt pokazał mu zawartość. Wbrew swej woli Heino poczuł się dumny z Mai. Jeżeli to dla tej sprawy dała się wciągnąć w spisek, to dobrze. Pamiętał, jak o tym mówiła. Wierzyła w to. Wierzyła w lepszą Finlandię.

Dla niego nie robiło różnicy, która arystokracja zasiadała u władzy: fińska czy szwedzka.

– Heino Aalto, czy wiesz, że twoja żona zdradza cię z moim synem? – zagrzmiał Marcus Runefelt.

Tacy ludzie jak Runefelt wiedzieli o wszystkim. Także o tym, że zamierzali handlować z jego synem.

– Chłopak chciał mnie zwieść. I myślał, że mu to się uda, jeśli użyje nazwiska matki – Åkerblom!

Wiedział też o jego marzeniu.

– Popełnił zdradę stanu. Może uda mi się jednak go ocalić. Ale nie twoją żonę...

Heino poddał się. Sprzedał staremu las. Pozostało mu tylko gospodarstwo. Już więcej nie będzie handlować z Åkerblomem. Dobrze zapłacił swoim pracownikom na pożegnanie.

Spędził intensywny tydzień podczas nieobecności Mai. Wiedział już, gdzie była. Wiedział też, z kim.

A więc William Runefelt nie uczynił jej szczęśliwą. Ale to nie wystarczało. William Runefelt już nigdy więcej nie weźmie jej w ramiona.

Maja należała tylko do niego.

W domu panowała cisza.

Służba spała w małym domku. Skonstruowali przemyślny system przywoławczy. Linki szły od jego łóżka pomiędzy gałęziami brzozy właśnie aż tam.

On i Maja byli sami w domu.

Sięgnął po lampę. Zdjął szkło. Gdy wyciągnął rękę, dosięgnął zasłon.

Ogień ogarnął je szybko.

Heino podpalił też kołdrę w nogach.

Zamknął oczy. Złożył ręce. Myślał o tych wszystkich chwilach szczęścia, które przeżył z Mają, o tych, które i ona wspominała.

Wkrótce będą razem. Tylko oni dwoje...

Rozdział 12

Obudziły ją krzyki dochodzące z zewnątrz. Była półprzytomna od dymu.

Spoza trzasków usłyszała wykrzykiwane imię swoje i Heino.

Wstała, zataczając się. Miała na tyle rozsądku, że założyła skórzane spodnie Ailo i jego kurtkę. Otworzyła drzwi.

Heino był sam.

Tylko o tym myślała.

Dym stał niczym wełniana ściana, gryzł w oczy, wypełniał szybko płuca.

Dławiąc się, zamknęła drzwi. Oddychała głęboko, ale czuła, że dym i tak już się tu dostał. Słyszała, jak na dole pękają szyby, wpuszczając więcej powietrza na pożarcie ogniowi.

Co za głupcy!

Rzuciła się w dym. Szła, licząc kroki, próbując odnaleźć drogę. Zacisnęła powieki, starała się nie oddychać.

Bolały ją płuca, w skroniach waliło. Czuła, że pęka jej głowa. Pragnęła tylko łyka powietrza.

Heino był na dole, bezbronny w ogniu.

Jeszcze kilka kroków i znajdzie się na schodach.

Kilka kroków...

Gdzież są te schody? A może poszła w złym kierunku? Ale wtedy dawno napotkałaby ścianę!

Ucisk w piersiach był ogromny. Czuła, jakby gardło miała napełnione czymś, co zaraz wybuchnie. W uszach szumiało...

Maja otworzyła usta, by powoli wciągnąć powietrze. Nie dała rady. Kaszląc, wciągała hausty gęstego, gryzącego dymu. Czuła ból w płucach i mdłości.

Oparła się o ścianę. Zaczęła wołać Heino. Nie mogła się opanować.

Traciła przytomność.

Wewnętrzny głos uspokajał ją.

Słyszała jakby: „Idź, Maju! Ratuj się sama! Twój czas jeszcze nie nadszedł. Idź, ratuj się! Zapomnij o schodach i wracaj do okna! Okno, Maju, okno!"

Nie posłuchała tego głosu. Osunęła się na podłogę. Znalazła tam odrobinę czystszego powietrza. Czołgała się, starając się oddychać ustami.

– Heino! – krzyczała. – Heino! Idę do ciebie! Nie umieraj, Heino!

Nie dbała o to, że sama może potrzebować pomocy. Była w stanie myśleć tylko o nim.

Ale nie słyszała, żeby krzyczał. Może go już uratowano.

Myśli przesuwały się powoli. Równie powoli, jak ona szła. Zaraz dotrze do schodów...

Ręce napotkały przestrzeń. Zachwiała się, ale nie zdołała się zatrzymać. Ręce wyciągnęły się ku balustradzie, ale jej nie dosięgły.

Ujrzała tylko ogień. Spadła w ocean ognia. Dym był tylko pianą na oceanie.

Krzyczała, spadając. Nie o pomoc. Na ustach miała imię Heino.

Z okolicznych gospodarstw nadciągnęli ludzie, gdy dotarły wieści o pożarze u Aalto. Wybaczyli już Heino sprzedaż lasu. I tak sprawił, że uwierzyli, iż można urzeczywistnić swoje marzenia. Zrozumieli, że jemu jako kalece trudno było zapewnić pracę całej osadzie. Może kiedyś któryś z nich zrobi to samo, co on.

Poszliby za nim w ogień. Dosłownie.

Ustawili łańcuch ludzi wiodący od rzeki. Napełniali wiadra i posyłali je pod górę. Niewiele to pomagało.

Próbowali dostać się do wnętrza domu, dotrzeć do tych dwojga, którzy tam spali.

Do Heino i Mai.

Dwóm młodzieńcom udało się wejść przez okno do pokoju Heino. Głowy i ręce mieli owinięte mokrymi szmatami. Dotarli do Heino i wyciągnęli go na dwór. Za późno, już nie żył.

Jeden z nich z płaczem powiedział, gdzie znalazł lampę.

Okna na piętrze nadal były zamknięte. Nawoływali Maję aż do zdarcia gardeł. Płakali.

– Dym ją pewnie dawno zadusił – powiedział ktoś. – Już za późno.

Ale nadal krzyczeli.

Ogień przeżerał ściany. Ostatnie szyby pękły z brzękiem.

Przykryli Heino końską derką, wzdragając się na widok zwęglonego ciała.

Dym przedostawał się przez dach.

– Ona na pewno nie żyje.

Większość tak myślała. Ale nikt nie chciał pierwszy tego przyznać.

Wtedy to ktoś ze stojących najbliżej usłyszał łoskot i następujący po nim krzyk. Imię Heino.

A więc żyła. Jak długo jeszcze? Cisza, która potem zapadła, źle wróżyła.

Patrzyli po sobie niepewnie. Dom wkrótce się zawali. Może to nastąpić lada chwila. Dom przypominał już stos drewna, gotów zamienić się w największe ognisko w Tornedalen.

Niektórzy przypomnieli sobie noc katastrofy i Maję chodzącą pomiędzy umierającymi. Uśmierzającą ich ból, rozmawiającą, póki nie umarli. Myśleli: Dlaczego sama się nie ratowała?

Wtedy to niewysoki człowiek wyrwał się z tłumu. Zerwał szal z jakiejś kobiety i zanurzył w wiadrze wody. Owinął nim głowę. Resztę wody wylał na siebie.

Nie wahał się. Nie zwracał uwagi na okrzyki, że nie wolno mu tam wejść, że się zabije.

– Masz przecież żonę i dzieci, Josef! Kto się nimi zajmie, jak i ty się tam spalisz?

Ale nikt go nie powstrzymał. Patrzyli tylko, jak przedziera się przez płomienie i znika w masie ognia i dymu.

Ręce splotły się, usta wymawiały słowa modlitwy.

Nikt nie odważył się za nim pójść, choć wielu tego żałowało. Trzeba dużo odwagi, żeby się na to zdecydować w takim momencie. Nikt by nie przypuszczał, że Josef Haapala będzie bohaterem – lub ofiarą.

Czekali.

Prawie mogli widzieć przez ściany. Dym bił taki, że ci stojący najbliżej musieli się wycofać. Żar był nie do wytrzymania.

Ludzie płakali. Nikt nie nazywał Josefa głupcem, choć wielu tak myślało.

Czy nie wystarczy, że dwoje już zginęło?

Dlaczego miał udowadniać, że jest odważnym mężczyzną, on, któremu zwykle na tym nie zależało?

Wystarczająco wiele było wdów. Sierot bez ojca. Wiele biedy w szarych domach.

Wtedy wyszedł, chwiejąc się na nogach. W drzwiach upadł, odrzucając od siebie ciężar.

Podbiegli i odciągnęli Maję. Inni pobiegli po Josefa. Nawet to wymagało odwagi. Ściany chwiały się, trudno było ocenić, w którym kierunku padną.

Ale zdążyli.

Ludzie odsunęli się z krzykiem. Byli bezpieczni, ale widok robił przerażające wrażenie.

Znów poszły w ruch wiadra z wodą. Nie mogli dopuścić, aby ogień się rozprzestrzenił. Ostatnio było sucho, trawa paliła się chętnie.

Josef pierwszy odzyskał świadomość. Dym go zamroczył, ale już oddychał świeżym powietrzem.

– Udało mi się? – spytał. – Wydostałem ją? Żyje?

– Tak, udało ci się, Josef. Oddycha, ale jest poparzona...

Josef z trudem przełknął ślinę. Popatrzył na swoje dłonie. Trochę oparzyły się od wierzchu, ale to nic. Ważne, że uratował Maję Aalto.

– Dlaczego, u diabła, to zrobiłeś? – spytał jeden z mężczyzn nie bez podziwu. – Nikt z nas się nie odważył, a ty przecież nigdy nie byłeś najodważniejszy!

– Nikt nigdy wcześniej nie zaufał mi tak, jak ona – odparł nieco zmieszany Josef. – Przyszedłem wtedy spytać, co z Heino. Żebrać o nasze miejsca pracy. A ona we mnie uwierzyła. Dała mi lepszą pracę, niż kiedykolwiek mógłbym przypuszczać. A teraz chodziło o jej życie. Jak mogłem zawieść ją w takiej chwili?

Nigdy jeszcze nie słyszeli Josefa mówiącego tak długo. Nigdy wcześniej nie wyrażał się tak dobrze o żadnej kobiecie. Zwykle mówił o swojej babie, i to rzadko w ciepłych słowach.

Chciał wstać, ale nie dał rady.

– Spokojnie, Josef – powstrzymano go. – Dzisiaj jesteś bohaterem, człowieku, bohaterem!

Ktoś zajął się zwęglonymi szczątkami Heino. Przeniesiono je na pledzie, przykryte prześcieradłem, do szopy. Zaczęto wybierać najlepsze drewno na sporządzenie trumny dla tego, kogo tak cenili. Tego, któremu nie udało się w pełni urzeczywistnić marzeń, ale który próbował. Szanowali go za to, a nawet pokochali.

Inni nadal walczyli z ogniem.

Ktoś zaniósł Maję do najbliższego domu.

Zajęto się tam nią najlepiej jak umiano. Rozebrano, umyto, opatrzono oparzenia na stopach, przebrano w najlepszą koszulę gospodyni i położono do łóżka.

W chłopskim domu łóżko było jedno, tak jak i jedna izba, pełniąca funkcję sypialni, salonu i kuchni. Łóżko, rozciągane w miarę potrzeby na szerokość, mogło mieścić pięć osób. Reszta domowników zadowalała się miejscem na podłodze.

– Miała tak piękne włosy! – westchnęła jedna z kobiet, dotykając nadpalonych resztek włosów Mai. – Niech sama je obetnie...

Pozostałe kobiety, Liisa, Magdaleena i Tuula, pokiwały głowami. Rozumiały dobrze, co dla kobiety oznaczała strata włosów.

– Ona straciła wszystko – powiedziała Tuula, pani domu. Nie wiedziała, co jeszcze może zrobić dla Mai. Z całego serca wolałaby gościć ją pod swoim dachem w innych okolicznościach. Ona straciła męża i dom. Wszystko. Pozostała ziemia i zwierzęta.

Ale najważniejsze było życie ludzkie. Nikt zresztą nie miał wątpliwości, że Maja i Heino kochali się naprawdę.

Z uznaniem mówili o tej kobiecie, której udało się podnieść Heino z łóżka i sprawić, że stał się prawie taki sam, jak kiedyś.

Straciła wszystko.

Maja zaczęła kaszleć. Wracać z głębi niepamięci. Była pewna, że umrze. Wcale nie zamierzała bronić się przed tym, używając swojej mocy. Zresztą nie mogła chyba używać jej dla siebie.

Bolące płuca domagały się oczyszczenia. Kaszlała tak, że myślała, iż zwymiotuje krwią. Usiadła zgięta wpół, czując rozdzierający ból w piersiach.

Podtrzymały ją czyjeś ramiona. Otaczały ją przyjazne głosy i łagodne dłonie.

A więc nie była w niebie. Ale w tym innym miejscu nie spotkałaby jej taka łagodność.

– Heino? – wyszeptała, gdy ledwo odzyskała oddech. Znów się rozkaszlała, ale odczuła pewną ulgę w płucach.

– Nie żyje – odparł kobiecy głos współczująco.

Łzy polały się z oczu Mai.

Otaczały ją trzy kobiety. Maja poznała je, to sąsiadki, żony dzierżawców. Rozmawiała z nimi wcześniej, ale nigdy nie odwiedziła. Właściwie dlaczego? Czyżby czuła się lepsza?

Maja mrugała oczami, tarła je. Miała pęcherze na dłoniach, ale tylko na wierzchu.

– Trzymałaś ręce w kieszeniach – rzekła Magdaleena. – Skóra trudno się pali. To cię uratowało.

– Josef Haapala cię wyniósł – powiedziała Tuula. – Wbiegł wprost w płomienie. Byliśmy pewni, że zginie.

– Czy Heino tam został? – spytała Maja. – W domu?

Kobiety wymieniły spojrzenia. Widziały zwłoki.

– Wydostali go – rzekła Liisa. – Chłopy zbijają mu trumnę. Chyba nie powinnaś go oglądać...

Maja z trudem przełknęła ślinę. Te kobiety na pewno widziały niejedno w swoim życiu, mimo to zbladły.

Spojrzała na swoje odkryte stopy. Były poparzone. Nie zdążyła włożyć butów.

Bez wahania odrzuciła przykrycie i usiadła, podtrzymywana przez trzy pary chętnych do pomocy rąk. Czuła się mocno obolała. W końcu spadła z piętra.

Dotknęła dłońmi pęcherzy. Bolało, więc odrobinę je cofnęła. Popatrzyła na stopy, wysilając całą swoją wolę.

Przypomniała sobie pożar w domu. Wtedy, gdy jej dłonie uratowały Ailo.

Nic się nie działo. Nie czuła nic, nawet bólu, ale przecież była w szoku. Tylko ta wielka pustka... Przestrzeń, w której unosiła się, nie mogąc nigdzie znaleźć oparcia. Powinna spłynąć na samo dno, żeby znów się wznieść. To był tylko początek.

Poddała się z westchnieniem. Napotkała pytające

spojrzenie trzech par oczu. Wiedziała, że ludzie o niej gadali.

– Ktoś nazwał cię czarownicą – niechcący wyrwało się Magdaleenie, najmłodszej. Zaczerwieniła się. – Po wypadku – dodała. – Gdy robiłaś to, co... robiłaś. Ale wszyscy wiedzą, że czarownice nie płaczą – zakończyła stanowczo.

– Może i jestem – odparła Maja ochryple. – Wielu tak o mnie myślało. Niejeden pewnie powiedział to głośno. Ale ja przecież ciągle płaczę...

– To bzdury – oświadczyła Tuula. – Wielu ludzi potrafi leczyć. Gdyby wszyscy oni byli czarownicami i trollami, nie starczyłoby czasu na budowanie stosów!

– Na pewno jestem naznaczona – powiedziała Maja cicho. – Naznaczona przez Roto.

Żadna z kobiet nie słyszała o Roto. Jednak nie wspomniały nikomu ani słowa o tej rozmowie.

Kobieca solidarność bywa silna.

Josef przyszedł później. Maja nadal zajmowała jedyne łóżko w domu. Chciała już wstać, ale Tuula stanowczo się temu sprzeciwiła. Dzieci, zbite w gromadkę pod pledami w rogu izby, nie wydawały się pokrzywdzone. A mąż nadal pracował przy usuwaniu szkód.

Noc miała kolor czerwony. Powoli przechodziła w ranek. Ciemny jak popiół.

– Jak mogło dojść do pożaru? – spytała Josefa Maja. – Nie rozumiem tego.

Mężczyzna oglądał swoje dłonie. Kobiety opatrzyły jego rany i przez to ręce wydawały się dwa razy większe i bardziej niezgrabne niż zwykle.

– Znaleźli lampę w nogach łóżka Heino.

– Dał radę odrzucić ją tak daleko – Maja potrząsnęła głową. – Prawie mu się udało.

Kobiety usunęły się dyskretnie, jednak nasłuchiwały. Im też pewne podejrzenia przeszły przez głowę.

– Może on nie chciał – rzekł Josef z ciężkim sercem. – Może znalazła się tam... specjalnie.

– Nie! – krzyknęła drżącym głosem. – Nie, nie, nie!

– Nie był sobą od czasu wizyty Runefelta – dodał Josef.

Maja wpatrzyła się w niego szeroko otwartymi oczami.

– Runefelt? Był tu Marcus Runefelt?

– Nie powiedział ci?

Maja potrząsnęła głową.

– Sprzedał mu las, Maju. Runefeltowi. To było kilka dni po twoim odjeździe...

Maja zamknęła oczy. Przeżywała na nowo każdą minutę wieczoru.

Heino...

Czyżby to zaplanował?

Czy mógł to zaplanować?

Mówił, że jutro będą razem... Odesłał Marję do domu, a służba spała osobno. Tylko ją mógł ze sobą zabrać...

Dlaczego?

Odpowiedź mogła być tylko jedna. Ale to przecież niemożliwe. Heino nie mógł dowiedzieć się o Williamie.

Ale poza tym nie istniały żadne powody.

– Odzyskam ten las – obiecała bez namysłu. – Odzyskam go bez względu na koszty! Ten las to wszystkie jego marzenia!

Zaczęła płakać. Zagryzła usta i spojrzała na Josefa. Spróbowała się uśmiechnąć.

– Nawet nie zdążyłam ci podziękować za uratowanie życia... Nigdy ci tego nie zapomnę, Josef! Nigdy.

Był zażenowany, gdy odchodził. Ale zadowolony, pomimo całego bólu. Maja nadal miała do niego zaufanie.

Josef Haapala jako jedyny dał wyraz przypuszczeniom wielu ludzi na temat przyczyny pożaru.

Woleli jednak nazywać go wypadkiem. Było to najlepsze, co mogli zrobić dla Heino.

Rozdział 13

Następnego dnia przybyła Marja z Karim. Ona zaniepokojona, on niechętny. Nie był zadowolony z nagle odkrytego pokrewieństwa. Uznał je, ponieważ takie było pragnienie matki, ale nie czuł związku krwi z Mają.

– Musisz zamieszkać u nas – oświadczyła Marja.

Maja zgodziła się.

– Ale po pogrzebie. Do tej pory będę tutaj.

Wiedziała, że rodzina Tuuli potrzebowała miejsca. Nie wiedziała, czy zdoła spłacić dług wdzięczności za gościnę. Stopy zaczęły się goić. Dłonie trochę wolniej. Podeszwy stóp nie ucierpiały zbytnio. Udawało jej się chodzić, ale nie mogła założyć żadnego obuwia.

– Czy Marcus Runefelt był tu długo?

Marja potwierdziła.

– Byłaś z nimi cały czas?

– Dlaczego? Rozmawiali przecież o interesach, ja się na tym nie znam.

– Miał coś ze sobą, gdy odjeżdżał?

Marja nie widziała go wtedy.

Maja myślała o pistoletach. Musiały się stopić w pożarze. Wyglądały pewnie teraz jak bryła metalu. Ich złoto pewnie też się stopiło... Zastanawiała się, czy je znajdzie.

- Czy zapłacił już Heino?
- Nie. Czekał na gotówkę ze Szwecji.

A więc coś miała. Goryczą napełniało ją, że będzie żyła z tego lasu, którego za nic nie chciała sprzedawać.

- Chciałabym zobaczyć, co pozostało...

Kari bez słowa zaniósł ją do powozu. Pojechali w stronę dymiących zgliszcz.

Maja zapłakała. Tylko kikuty sterczały tu i ówdzie. Mogła nadal dostrzec zarysy granic pokojów w stercie popiołów.

Siedziała w powozie, ubrana tylko w koszulę, i płakała. Kari ściągnął kurtkę. Poczuł wyrzuty sumienia, że był taki surowy. Nie mógł nic poradzić na to, że matka była tak sentymentalna. Maję odbierała jako ucieleśnienie marzeń o tej córce, którą straciła. O tej, o którą Kari był odrobinę zazdrosny. Marja zawsze mówiła o Raiji i Mattim, dzieciach, które ją opuściły. Czuł, że jest mniej wart od nich.

Ale to przecież nie była wina Mai.

- Jak udało ci się uciec przed wybuchem? - spytała Maja. - Nie byłeś na statku?
- Ona nie powinna ci o tym mówić - rzucił Kari, okrywając kurtką jej ramiona. Przemknęło mu przez myśl, że jest jej wujem! Jakie to idiotyczne... - Byłem na statku - odparł. - Ale stałem przy samej burcie i podmuch wrzucił mnie do morza. W całym tym zamieszaniu udało mi się dotrzeć na ląd. Ukradłem jakieś suszące się ubrania. Uciekłem, kierując się na zachód, nie tam, gdzie szukali. Miałem szczęście. Mówią, że wielu zginęło.

Maja kiwała głową.

Kari poczuł nagle, że ona już wcześniej o tym wiedziała.

- Gdy przestanie się dymić - powiedziała powoli - pomożesz mi szukać? Muszę coś tu znaleźć.

- Co?

- Heino miał trochę złota - odpowiedziała. - Dostaniesz swoją część, jeśli znajdziemy. No i skrzynkę z... pistoletami.

Kari zagapił się na nią.

- Pistolety ministra? - spytał po chwili, oszołomiony.

- Po prostu pistolety - odpowiedziała, patrząc mu wymownie w oczy.

- Jakim sposobem cię w to wciągnięto? - drążył chłopak, który był jej wujem. - Czy Heino też brał w tym udział?

Potrząsnęła głową.

- Nie, Heino nie. Tylko ja.

- Mama mówiła, że nie było cię tydzień...

- Mój brat ma poparzoną twarz - odparła. - Był tuż przy wybuchu. Ale żyje...

Nie mogła znaleźć lepszego powodu, by go do siebie przekonać. Postanowił przecież jej nie lubić. Teraz czuł do niej szacunek.

- Musisz wracać - rzucił. - Nie pomyślałem, że nie jesteś odpowiednio ubrana.

Maja nie słuchała. Patrzyła na resztki domu. W duszy przysięgała, że się nie podda. Marcus Runefelt nie wygra tej walki. Przekona się, że nie miał jeszcze takiego przeciwnika jak ona.

Pogrzeb odbył się trzy dni później. Przyszli wszyscy. Nikt nie pamiętał dłuższego orszaku pogrzebowego.

Maja szła o własnych siłach. Niewysoka, ubrana na

czarno, stawiała niepewne kroki idąc pomiędzy Kari a Marją, gotowymi podtrzymać ją w każdej chwili.

Stała jednak jak posąg aż do chwili, gdy piękna trumna ze szczątkami Heino zniknęła w dole. Gdy już przykryli ją ziemią. Gdy uścisnęła dziesiątki rąk.

Oczy miała błyszczące, ale nie płakała. Mówili, że jest silna.

Stali jeszcze, gdy większość wróciła już do domów. Kari wziął Maję na ręce i zaczął nieść w stronę wozu. Wtedy ujrzeli czarny, zakryty powóz.

Gniew porwał Maję.

– Czy on nie mógł trzymać się z dala przynajmniej od pogrzebu Heino? Przeklęty Runefelt!

Musieli przejść obok tego powozu, bo stał blisko. Maja ukryła twarz na kurtce Kariego. Nie chciała znosić więcej upokorzeń, nie w ten dzień.

Drzwi otworzyły się, gdy przechodzili obok, ktoś wyskoczył i po prostu wyjął Maję z ramion zaskoczonego chłopaka.

– William? – spytała zdumiona. Spojrzała w znajomą twarz. – Nie powinieneś tu przyjeżdżać.

Był poważny. Przykładnie ubrany na czarno.

– Przyjechałem od razu, gdy doszły mnie o tym wieści – wyjaśnił. – Nikt nie wiedział, czy ty żyjesz. Nigdy jeszcze tak się nie bałem.

Kari przenosił zdumione spojrzenie od niego do niej. Wiedział, że młody Runefelt był jednym z przywódców grupy, do której należał. Może więc to nic dziwnego, że Maja go znała. To tłumaczyłoby, czemu przechowywała pistolety.

Ale w jaki sposób poznała Williama Runefelta osobiście? Co ich łączyło?

– Zabieram ją ze sobą – William Runefelt spojrzał na

167

Kariego. Nie wiedział, kim jest ten młodzieniec, ale nie zamierzał dopuścić go do głosu. - Tu nic jej nie trzyma. Zabiorę ją tam, gdzie będzie u siebie.

- Zgadzasz się na to? - spytał Kari zdziwiony.

- Ailo też tam jest - odparła zmęczonym głosem. - Nic tu po mnie.

Maja i Kari zdołali przeszukać zgliszcza. Nadal żarzyło się na dnie. Nie znaleźli ani złota, ani pistoletów. Nawet ich śladu.

- Prześlij nam jakąś wiadomość - poprosił Kari. W ten sposób chciał jej przekazać, że ją lubi.

Maja skinęła głową. Dała się wnieść do czarnego powozu.

- William ma może rację - powiedziała. - Tam jestem w domu. Twój ojciec kupił las - zwróciła się do Williama, gdy powóz ruszył.

Mężczyzna pokiwał głową.

- Słyszałem o tym.

- Ale jeszcze nie zapłacił. Chcę to anulować.

- On nie pozbywa się tego, na czym położył już ręce - odparł William. Znał swego ojca.

- Byłeś w Tornio?

Pokręcił głową.

- Ailo robi postępy. Nie uwierzysz, ale spędza czas, robiąc ozdoby ze stopionych monet. - Przez jego twarz przeleciał cień uśmiechu. - Robi też ptaki.

Zapadła cisza. Powoli objął ją ramieniem i przytulił. Maja wreszcie zapłakała tak, jak nie mogła w ciągu tych dni. Łzy jej płynęły, ale ból nadal tkwił w duszy jak cierń. Nie mogła odsłaniać swego żalu przed oczami wszystkich. Ale William był kimś bliskim.

- On podpalił dom - powiedziała, gdy płacz przeszedł w suche łkanie.

— To niemożliwe!

Pokiwała głową, ocierając oczy rękawiczką.

— Nazywamy to nieszczęśliwym wypadkiem, ale wszyscy wiedzą, że to on zrobił. Wszyscy go nawet rozumieją. Sądzą, że rozumieją.

— Przecież mógł cię zabić!

— Chciał to zrobić — potwierdziła. — Chciał zabrać mnie ze sobą. On mnie kochał, William.

Potrząsnął głową. Nie mieściło mu się to w głowie. Czyżby ona widziała w tym miłosne wyznanie?

— Coś go musiało do tego skłonić — mówiła dalej. — To nie tylko to, co wszyscy myślą. Nie dlatego, że został kaleką i nie chciał tak żyć. Musiało być coś więcej. Nie sprzedałby przecież lasu bez powodu...

— Ojciec przyjechał całkiem nieoczekiwanie ze Sztokholmu — odezwał się William.

— Chcę porozmawiać z twoim ojcem — stwierdziła. — Nie odzyskam spokoju, dopóki z nim nie porozmawiam.

William pocałował ją w czoło. Zsunął z głowy Mai czarną chustę i wpatrzył się oniemiały w jej krótkie włosy.

— Musiałam je ściąć — wytłumaczyła. — Połowa była spalona. Tak jest łatwiej.

— Jesteś teraz wolna — powiedział William. — Bóg świadkiem, że nie chciałem, żeby to się stało w ten sposób, ale to prawda, Maju.

— Za wcześnie, by o tym mówić — odparła. — Teraz jadę z tobą, bo chcę uciec. U mojej rodziny czułabym się o wiele bardziej obco niż u ciebie. Ten chłopak był moim wujem. Był z wami. Nie poznałeś go?

William zrozumiał, dlaczego ta twarz wydawała mu się znajoma.

- Myślałem, że to jeszcze jeden z twoich wielbicieli - powiedział. - Nigdy nie mówiłaś, że masz tu rodzinę.

- Nigdy nie pytałeś.

- Możesz zostać na Hailuoto jak długo chcesz, Maju. Możesz być moim gościem, aż się tym zmęczysz. Możesz być moją królową...

- Albo odjechać?

Pokiwał głową.

- To nie więzienie. Wiesz, na co mam nadzieję. Ale nie będę cię naciskał. Nie chcę, żebyś tylko dlatego do mnie przyszła.

- Nie będzie cię w Tornio?

- Sytuacja się zmieniła - powiedział William, ściskając ją lekko. - Teraz będę się tobą opiekował. Chcę znów ujrzeć uśmiech na twojej twarzy.

- Przecież on jeszcze nie ostygł w ziemi!

- On nie żyje. Ty mogłaś zginąć razem z nim. Ale żyjesz. Nie miałaś jeszcze umrzeć. Czeka cię więcej w życiu, Maju!

Przypomniała sobie głos, który słyszała, gdy szukała schodów w czasie pożaru. Głos, który powiedział, że jej czas jeszcze nie nadszedł...

William czekał, gotów wypełnić pięknem każdy dzień jej życia.

Maja nie wiedziała, czy to wystarczy.

William zatrzymał woźnicę w Tornio przed ojcowskim pałacem. Pomógł wysiąść Mai.

- Mówiłaś, że chcesz z nim porozmawiać?

Maja pokiwała głową. Oczy miała zaczerwienione, lecz już bez śladów łez.

William wszedł z nią do środka. Nie czekali na służbę. Szedł przodem, otwierając właściwe drzwi.

Znaleźli go w jednym z salonów. Nie wydawał się zdziwiony ich widokiem.

– Maria Aalto – powiedział powoli. Skinął głową w jej stronę. Potem zwrócił się do syna: – Przynieś krzesło. Ty też jesteś tu gospodarzem. – Składam kondolencje – zwrócił się ponownie do Mai. – To był straszny wypadek. Heino Aalto był twardym orzechem do zgryzienia, ale nie życzyłem mu śmierci.

Maja siedziała sztywno na małej sofie. William stał tuż za nią. Wiedziała o tym i dawało jej to siłę.

– Chcę odkupić las – rzekła.

Marcus Runefelt popatrzył na Maję z uwagą.

– Spodziewałem się tego. Jesteś bardziej dumna niż twój mąż. On nigdy by nie sprzedał lasu, gdybyś wtedy tam była. Ale ja nie sprzedam.

– W takim razie proszę o należność. I zdobędę ten las.

Z powątpiewaniem pokręcił głową.

– Oczywiście dam zapłatę. Nikogo nie oszukuję.

Skierował wzrok ku synowi.

– Długo cię osłaniałem. To w twojej sprawie przyjechałem do Heino Aalto. Nie chciałem kupować lasu. Miałem odebrać twoje pistolety...

Maja zerknęła na Williama. Stał z niewzruszoną miną.

– Powinieneś się przyczaić, synu. Możliwe, że nie będę już mógł cię chronić. Pewnego dnia zostaniesz sam.

– Jestem twoim jedynym synem – odparł William. – Nigdy byś mnie nie wydał, nie zbrukał nazwiska.

– Wystarczy, że jeden z nas już to zrobił, prawda? – spytał szyderczo ojciec.

Obaj mieli twarde charaktery. Żaden z nich nie chciał się ugiąć.

- Wiedziałeś, że handlowałam z Williamem? - spytała nagle Maja.

Zaśmiał się.

- Handlowałaś? - powtórzył ironicznie.
- Powiedziałeś o tym Heino?
- Powiedziałem, że jego żona zdradza go z moim synem - oznajmił Marcus Runefelt i wyszedł z pokoju.

Maja siedziała wpatrzona przed siebie.

Nie mogła w to uwierzyć. Nie mogła uwierzyć, że to jednak było prawdą.

Co też Heino musiał o niej myśleć!

- To moja wina - powiedziała cicho. - Moja.
- Najbardziej ojca - odparł William, kucnąwszy przed nią. Ujął jej dłonie. - Nie powinien był tego mówić.
- Ale ja pierwsza zawiodłam Heino.

William gładził Maję po głowie i policzkach.

- To ojciec chciał go upokorzyć, pokazać, że ma władzę. Ty nigdy nie chciałaś zranić Heino. Chroniłaś go. Broniłaś się przed tym, co stało się pomiędzy nami. Ja do tego doprowadziłem. Ty kochałaś Heino. Ja to wiem. Kochałaś Heino i nie chciałaś go skrzywdzić. - Zamilkł na chwilę i dodał: - A może wszyscy się mylicie. Może to był wypadek.
- Chcę stąd odjechać - rzuciła Maja. - Zabierz mnie stąd, William. Zabierz na Hailuoto!

Podróż trwała cały wieczór aż do połowy nocy. Wiał zbyt słaby wiatr. William przewidział, że może być chłodno, i zabrał dla Mai pelerynę podbitą futrem.

Nie rozmawiali dużo ze sobą. Maja siedziała pogrążona w myślach. Wiedziała, że jej ucieczka wynika z tchórzostwa, ale nie mogła inaczej.

Ciągle walczyła, sama. A Marcus Runefelt zdołał

zniszczyć wszystko, co zbudowała w życiu. To bolało. I czyniło wyrzuty sumienia jeszcze cięższymi.

Heino nie żył.

Tylko to się liczyło.

Heino nie żył.

To, co może przyjść później, nie zmieni tego faktu. Cokolwiek zrobi, nie będzie miało dla niego znaczenia. On odszedł.

Wszystko przepadło. Wszystko, co zbudowali razem, pożarły płomienie. A las należał do Marcusa Runefelta.

A właśnie las Maja chciała zachować po Heino. To było dla niego najważniejsze. Temu poświęcił swoje uczucia.

Dotarli do domu, zanim wstała służba. Łódź przycumowała do pomostu przed domem. Nawet w ciemności poszło to dobrze.

– Masz zręcznych żeglarzy – stwierdziła Maja. Załoga to usłyszała i doceniła. Maja zaczęła zjednywać sobie przyjaciół.

Z okna biblioteki dochodziło słabe światło.

W jednym z foteli siedział mężczyzna w ciemnoczerwonym szlafroku. Nie czytał. Nie spał. Tylko siedział.

Maja podbiegła do niego, uklękła przed nim i wpatrzyła się w niego.

– O Boże! – wykrzyknęła. Jej dłonie ściskały jego dłonie aż do bólu. Łzy trysnęły z jej oczu.

– Wyglądam okropnie, wiem – powiedział Ailo. Oczy wyrażały wzruszenie, ale nie twarz. Z jego twarzy nie można było odczytać niczego.

Skóra pokrywała ją cienką warstwą niczym podwójną pajęczyną. Twarz była płaska, pozbawiona nosa.

Kiedy Ailo mówił, starał się jak najmniej poruszać wargami. Świeża skóra łatwo pękała.

- Tak, wyglądasz okropnie - Maja z trudem przełknęła ślinę. Nie mogła oderwać od niego oczu. - Ale to ty, Ailo, także z tą twarzą. I ty żyjesz.

- Jesteś tak wspaniale szczera - odparł brat. - Bergfors i William mówią mi, że nie jest źle. Ale ja w lustrze widzę potwora...

- Gdyby potwory miały być takie, jak ty, kochany Ailo, to chciałabym, żeby było ich jak najwięcej.

- Co się wydarzyło u ciebie?

Maja opowiedziała mu wszystko, nadal siedząc przed nim na podłodze.

Niczego nie przemilczała.

- Heino sam to zdecydował - odezwał się po chwili Ailo. - To nie była twoja wina. On by nie wytrzymał tego życia, Maju. Znałem go jako najbardziej tajemniczego i najbardziej wolnego mężczyznę w Norwegii. Przy tobie się uspokoił. Nigdy nie widziałem mężczyzny tak zakochanego. Ale w głębi duszy nadal pozostał sobą. Heino nie byłby w stanie spędzić życia w fotelu, będąc zależnym od innych. Nawet, gdybyś tylko ty się nim opiekowała. I cierpiał, że nie może już być dla ciebie mężczyzną. Wiedział, że jesteś na tyle gorąca, że będzie ci tego brak. Wiedział, że to kiedyś nastąpi. - Policzki Ailo aż zesztywniały od tak długiej przemowy. - Zostaniesz tu? - spytał jeszcze.

- Nie wiem. Jakiś czas. Czuję się, jakbym uciekła. Ta wyspa nie jest częścią zwykłego świata. Gdy tu przyjeżdżam, czuję się jak we śnie. To takie nierzeczywiste.

- William to porządny gość.

Ailo z trudem odwrócił głowę w stronę Williama, uśmiechając się lekko.

Maja wstała, zdejmując pelerynę.

- William może mówić sam za siebie, Ailo. On wie, co ja myślę.

- Chodzi mi tylko o towarzystwo - zażartował Ailo. Powoli podniósł się z fotela. Ujął kule.

- No, to idę spać - rzucił. - Nikogo nie straszę, gdy siedzę długo w nocy - powiedział, wychodząc z pokoju.

- Zmęczona? - spytał William.

Maja zastanowiła się. Poprzedniej nocy prawie nie spała, ale nie czuła zmęczenia. Odpoczęła w czasie żeglugi. Sen przyniósłby tylko sny, od których chciała uciec.

- Głodna?

- Nie jestem w stanie jeść.

- Został z ciebie ledwie cień, Maju.

Rozsznurowała buty. Stopy bolały ją przez cały dzień, ale cierpiała w milczeniu. Ten ból był przynajmniej fizyczny. Tłumił to, co czuła w duszy.

Zdjęła pończochy.

William rozpiął kamizelkę i rozluźnił krawat.

- Niepokoi cię, że twój ojciec wie o tobie?

- Niepokoi? Może. Ale się nie boję. Ale jeśli on wie, może wiedzą i inni. - Zamilkł na chwilę. - Właściwie jestem niezależny od ojca. Dostawałem własne pieniądze, odkąd skończyłem dwadzieścia jeden lat. Ta wyspa przejdzie na mnie. Jeszcze zostało coś w spadku po mamie, ojciec sprawuje nad tym pieczę tylko do czasu mojego ożenku. Widać boi się, że roztrwonię cały majątek... - uśmiechnął się krzywo. - Ale on jest zbyt dumny, aby mnie porzucić, Maju-Mario.

Stworzył jedną kobietę z jej dwóch imion. Taką, której ona sama jeszcze nie znała.

- Możesz odzyskać las - powiedział w zadumie. - Możesz wziąć za niego pieniądze, a potem go odzyskać. Jeśli będziesz cierpliwa.

- Przecież i ty go słyszałeś - odparła Maja. - On nie

sprzeda lasu. Na pewno nie mnie. Chce mieć wszystko, sam.

- No właśnie! - William gwałtownie przejechał dłonią po włosach. - Ojciec nigdy go nie sprzeda. Marzy o stworzeniu imperium z herbem Runefeltów. Miecze i kwiat, wiesz. Niech sobie marzy, ale ty i tak możesz go pokonać. - Zaczerpnął oddechu. - Oboje możemy odnieść zwycięstwo, Maju. To go nauczy, że nie może odgrywać roli Wszechmogącego. Wyjdziesz za mnie!

- Aby się na nim zemścić?

- Otrzymam wtedy ostatnią część spadku. I ciebie za żonę. Więcej nie chcę od życia. Ty będziesz miała mnie i życie bez trosk. I las. Nasz syn to przejmie. Pomyśl, Maju, twoja krew. Ojciec tego nie przewidział. Nie wierzy, że ci zaproponuję małżeństwo. Sądzi, że to jest równie niepoważne jak z poprzednimi kobietami.

- Ja straciłam dziecko - powiedziała Maja sztywno. - Urodziłam je martwe. Pochowałam dwóch mężów, a nadal jestem bezdzietna. Nie wiem, czy mogę mieć dzieci. Nie mogę ci niczego obiecać, tym bardziej syna.

- Mimo to chcę cię za żonę - odparł bez mrugnięcia okiem. - Chcę się z tobą ożenić, Maju-Mario.

- Nie kocham cię.

- Jest nam dobrze razem - odparł. - A ja cię kocham. Nie rozumiesz, że to oświadczyny? Wyjdź za mnie, Maju. Dobrze?

Długo na niego patrzyła. Wiedziała, o co prosi. Wiedziała, jakie to będzie miało skutki.

Nie była już Mają z domku na cyplu. Już nie Mają, córką Raiji. Nie była już żoną Heino. Była tylko Mają. Samotną Mają. Wystarczająco dużo miała tej samotności w życiu.

- Dobrze - odpowiedziała, paląc za sobą mosty. - Kiedy?

Rozdział 14

Była to lekkomyślna decyzja. Wyglądało przecież na to, że przeszła prosto z ramion jednego mężczyzny w ramiona drugiego. Tak nie wypadało. Ziemia na grobie Heino nawet nie zdążyła obeschnąć... Ale Maja postanowiła nie żałować.

Małżeństwo bez miłości, ale pełne przyjaźni. I po raz pierwszy czuła, że ktoś będzie się nią opiekował.

Za Simona wyszła po to, żeby mieć ojca dla swego dziecka. Dobrze było zrzucić na kogoś odpowiedzialność za to, do czego się przyłożył.

Heino był ucieczką. Przed Reijo. Nie przypuszczała nawet, że go pokocha. A William?

William zapewni jej dostatnie życie. Będzie ją wielbił. I rozumiał.

Maja była zmęczona. Miała już dosyć walki. Mogła teraz spróbować, czy umie brać.

Nastał wieczór poprzedzający dzień, gdy miała powiedzieć „tak" kolejnemu mężczyźnie. Obiecać miłość i posłuszeństwo aż do śmierci.

Te słowa sprawiały, że dreszcz przebiegał jej po plecach.

Dwóch mężczyzn zabrała jej śmierć. Dwóch mężczyzn obiecywało ją kochać.

Śmierć – Roto.

Drogi życia wiodły ją przez tak różne krajobrazy. Pokonywała odległości, o których nigdy nie marzyła.

Maja, dziecko miłości, które nigdy nie nosiło nazwiska ojca, a nosiło inne, pożyczone, miała teraz dodać sobie kolejne: Runefelt. Miała stać się częścią krajobrazu, który wydawał jej się o wiele bardziej niebezpieczny niż dotychczasowe: fińsko-szwedzkiej arystokracji.

Tylko dlatego, że William był uparty.

Nie dał jej zbyt wiele czasu, by mogła żałować swej decyzji.

Już następnego dnia ruszył do Oulu. Powiedział, że nic nie jest niemożliwe, o ile można za to zapłacić. A słudzy kościoła zwykle lubili mamonę. Poza tym William miał możnego ojca i dobre pochodzenie.

– Może nawet przyda mi się nasz herb? – zastanawiał się z uśmiechem.

To było dwa dni temu.

Trzy dni po tym, jak Heino spoczął w ziemi, miała zostać żoną innego. W świecie Williama nie nazywała się zresztą żoną, ale małżonką.

Zanim przybyła, kupił całą szafę ubrań i obuwia.

– Gdy się dobrze opisze damę, nie ma problemu – odpowiedział uśmiechnięty, widząc jej zdziwienie.

Tylko Ailo i służba Williama wiedzieli, co się święci.

William chciał zaprosić babkę i wuja Mai, ale sprzeciwiła się temu stanowczo.

Marja była starej daty. Kari był mężczyzną. Potępiliby ją, mimo że jej mężem miał zostać sam przyszły władca Tornedalen.

William też nie zaprosił nikogo ze swojej rodziny: ani ojca, ani sióstr.

– Nie chcę, żeby zepsuli mi najszczęśliwszy dzień mojego życia.

Nie mogła zasnąć. Na bosaka zeszła do biblioteki. Jeszcze nie próbowała przeczytać żadnej książki. Były po szwedzku i fińsku, a nie czytała dobrze w tych językach. No i po francusku i niemiecku, językach, które brzmiały jak zabawna muzyka w ustach Williama.

Spotkała tam Ailo, jak zresztą oczekiwała. Obok niego na stoliku stała napełniona do połowy karafka z winem i pełny kieliszek.

– Masz tremę? – spytał.

Przytaknęła i usiadła, podwijając nogi, na fotelu naprzeciwko brata. Powoli przyzwyczajała się do jego wyglądu. Zdarzało się jednak, że przypominała sobie jego dawną twarz, i wtedy czuła ból.

– Poza tym, że ma pieniądze, porządny z niego człowiek.

Maja pokiwała głową.

– Jesteśmy daleko od Norwegii – stwierdziła.

– Tęsknisz?

W zamyśleniu ponownie pokiwała głową.

– Tak, chociaż gdy jechaliśmy razem z Heino wzdłuż rzeki Torne, pokochałam i ten kraj. Uznałam, że jest mój. Że ci ludzie będą moimi rodakami. I tak się stało.

– Łatwo polubić nowe miejsca – rzucił Ailo. – Trudniej rozstać się z ludźmi.

– Nadal możesz wrócić. To ja zamykam za sobą drzwi i przekręcam klucz. Wydaje mi się, że za każdymi słyszę kroki Reijo...

– Nie mogę wrócić, Maju. Nie z tym... – uniósł dłoń ku twarzy. – Tutaj wiedzą już, jak wyglądam, ale i tak służące wzdrygają się ze strachu, gdy się na mnie niespodziewanie natkną. Nie chciałbym ujrzeć tego samego na twarzy Idy.

– Nie powinnam była cię tu ściągać – westchnęła Maja. – Ale czułam się tak samotna!

– Może to ma jednak jakiś sens – odparł gorzko Ailo.

Nie miał żalu do Mai, to nie była jej wina. Większość spraw, które zdarzyły się w jego życiu, była konsekwencją jego decyzji. - Tylko po co tak się męczyłem, żeby wydobyć to przeklęte złoto!

Chciał się zaśmiać, ale nadal nie mógł. Policzki zbyt go bolały.

- Wszystko, u diabła, na próżno!
- Przekleństwo złotego światła - przypomniała sobie Maja. - Reijo zawsze przypominał Knutowi słowa Elle, używał ich jako ostatniego sposobu wyperswadowania mu chęci odszukania skarbu Karla. Raija podobno widziała złote światło, które źle wróżyło.
- Knutowi się udało - zastanawiał się Ailo. - Myślałaś o tym, Maju? Knut zachował złoto! Nie poszczęściło się Simonowi, Heino i mnie... Znalazł je przecież ojciec Knuta! Tylko Knut miał do niego prawo, nawet nazywał to spadkiem po ojcu.

Maja zadrżała. Nigdy na to w ten sposób nie patrzyła. Nie chciała uwierzyć, że tak mogło być.

Ailo miał na sobie czerwony szlafrok Williama, jak zwykle w czasie swych nocnych wędrówek. Złoty herb wyhaftowany był na kieszonce na piersi.

- Nieźle wyglądasz jak na Lapończyka z gór - zażartowała Maja serdecznym tonem. - Ależ by się z ciebie śmiali w obozowisku, gdyby zobaczyli cię w tym ubraniu!

Dłonie Ailo pogładziły gładki materiał.

- Podoba mi się - stwierdził jakby zdziwiony swoim odkryciem. - Pewnego dnia może zapomnę, jak to jest siedzieć pod gołym niebem, patrzeć na pasące się spokojnie renifery, mieć mech jako materac, a za towarzysza nóż i kawałek kości. I psa, jeśli ma się szczęście.

Maja zamilkła, pochłonięta tą wizją. Oboje przeżyli coś takiego i tęsknili za tym.

Oboje też wiedzieli, że do tego nie wrócą.

– Z drugiej strony – mówił dalej Ailo – dobrze jest siedzieć na piasku i patrzeć na zatokę. W tych nie kończących się lasach świerkowych coś jest. A gdy naprawdę zacznie wiać, szumią jak styczniowa burza... Niebo jest to samo. William mówi, że bardziej na północy widują zorzę północną. Może, którejś zimowej nocy...

Spojrzał na Maję.

– Mam nadzieję, że Ida znajdzie sobie innego – powiedział cicho głosem pełnym bólu. – Jest za młoda, żeby być sama – dodał wyjaśniająco. – Zbyt ładna, żeby zgorzknieć. Zbyt kobieca, żeby nie mieć mężczyzny.

Obracał kieliszek w dłoni. Robił to tak wprawnie, jakby nie był tym, który urodził się w jurcie na letnim obozowisku dwadzieścia dwa lata temu.

– Nie mogę jednak sobie wyobrazić, którego może wybrać. Widzę przed sobą ich twarze i nie widzę żadnego wartego jej. Pewnie będzie to ten cholerny Emil...

Maja potrząsnęła głową, aż jej krótkie włosy zatańczyły wokół twarzy.

– Ależ wy, mężczyźni, stwarzacie sobie problemy. Ida nigdy nie wybrałaby Emila, nawet gdyby pochowała cię sto razy! Może innego, ale nie Emila!

– Możesz jej to przesłać w myślach – powiedział z nadzieją w głosie. – Że ja nie żyję, ale żeby nie wybierała Emila!

Powiedział to niby żartem, ale w jego słowach była nuta powagi.

– Nie mogę. Nigdy nie czułam takiej więzi z Idą. Zbyt się różniłyśmy.

Ailo musiał przyznać jej rację. Pogrzebał w kieszeniach. Wyłuskał coś i wręczył Mai.

– To dla ciebie – powiedział.

Wyciągnęła rękę. Poznała, co to jest, gdy zalśniło.

Ptak wyrzeźbiony przez Ailo. Rzeźbiony kiedyś przez Mikkala. Ptak z rozpostartymi skrzydłami. Wolny albo uciekający.

Obcy ptak?

Reijo nazywał tak matkę. Mówił, że Raija wszędzie była obcym ptakiem.

Maja się tak nie czuła, choć pewnie niektórzy by tak ją nazwali.

– Mam nadzieję, że założysz to jutro – powiedział. – William pewnie znajdzie jakiś łańcuszek. Może nie powinienem tego mówić, ale będzie pasował do pierścionka. William poprosił, żebym go zrobił.

– Poszło na to wiele monet – uśmiechnęła się wzruszona Maja przez łzy. – Dziękuję, Ailo! Kochany jesteś. Zawsze będę go nosiła. Zawsze!

– Nie mów tak – zaprotestował zażenowany. – Po jutrzejszym dniu dostaniesz wiele biżuterii. Jej też powinnaś dać szansę.

– Tylko to zrobił mój brat – odparła. – Tylko to ma dla mnie wartość. To więcej niż tylko piękno, rozumiesz?

– Oczywiście, że rozumiem. W końcu jesteśmy rodzeństwem.

– Czy sądzisz, że dobrze robię? – spytała nagle.

Ailo potrząsnął głową i rozłożył ręce.

– Nie pytaj mnie o to. To twoje życie. Kto może ocenić, czy robi się dobrze, czy źle? Ocena przychodzi potem. Trzeba się odważyć iść dalej. Tylko to mogę ci odpowiedzieć.

Maja zerwała się i pocałowała go szybko w czoło. Zostawiła go siedzącego w fotelu. Noc należała do Ailo. Noc i samotność. Żył w cieniach i w ciemności, marząc o Norwegii, gdzie noce były jasne o tej porze roku. Tam nie mógłby się ukryć.

Altana wypełniona była kwiatami. Były wszędzie: w wazonach, splecione w wieńce i girlandy. Białe i czerwone róże. Wszędzie unosił się zapach róż. Zapach lata.

Kucharka nawet nie chciała słyszeć, że to ma być skromna ceremonia. Nie można nie mieć wspomnień ze ślubu. Przynajmniej niech więc wspominają jedzenie! Byłoby plamą na jej honorze, gdyby nie przygotowała czegoś specjalnego na ślub panicza Runefelta. Jak już, to już!

Postawiła na swoim, jak zwykle zresztą. Służyła już matce Williama, teraz jemu. I kochała go jak syna.

Maja drżała w swej błękitnej jedwabnej sukience. Maja była nią zachwycona. Suknia szeleściła przy każdym jej ruchu. Pod spodem miała kilka halek, haftowanych od talii do brzegu.

Pantofelki były obciągnięte błękitnym jedwabiem sukni. Maja nie musiała wchodzić boso w to małżeństwo. William znalazł także łańcuszek, na którym zawiesiła ptaka wyrzeźbionego przez Ailo. Rozpościerał skrzydła na tle jej skóry i był tak dumny, wolny i silny, tak, jak ona sama chciała być. Miała nadzieję, że na zawsze taka pozostanie.

William podarował jej też inne klejnoty, ale Maja nie chciała nawet dotknąć jego pereł. One nie pasowały do niej.

Statek, którym przypłynął ksiądz, już dawno przycumował. Maja słyszała głos duchownego dochodzący z parteru. Czekała na Williama. Jeszcze miała czas się wycofać. Nadal mogła uciec od tego, co wydawało się tak nierzeczywiste.

Palcami ściskała ptaszka. Już się nie bała. To była jej decyzja.

– Ależ jesteś piękna! Dobry Boże, Maju-Mario, jesteś piękna! – William okręcił ją tak mocno wokół siebie, że suknia zawirowała jak błękitne, pofalowane morze.

Chyba był jedynym człowiekiem, który ją tak mógł nazwać. Ją, która miała blizny na twarzy i na duszy...

– Ksiądz czeka – rzucił. – Wszyscy czekają.

Objął ją ramionami w talii. Suknia była tam nieco luźniejsza, ponieważ Maja schudła.

– Ale niech czekają, Maju. Niech czekają, bo ja chcę pocałować moją przyszłą żonę!

Objął ją mocnymi ramionami, aż poczuła jego sprężyste ciało. Rozchylił ustami jej usta i pocałunkiem przywrócił rumieńce na jej policzkach. Panna młoda powinna się rumienić.

Puścił ją i odsuwając na odległość ramienia, patrzył z nieukrywanym podziwem. Spojrzenie było pełne miłości i nawet uwielbienia. Trochę ją to przerażało, ale i podobało się.

– Powiedziałem to już pewnie tysiące razy, ale lubię to mówić: kocham cię, Maju-Mario!

Chciałaby móc powiedzieć to też jemu. Zasługiwał na to. Ale ona nie umiała kłamać. Dotychczas tego nie zrobiła i nie mogła zrobić tego jemu.

– Jest mi z tobą dobrze – powiedziała tylko.

Pocałował ją przelotnie w policzek.

– Gdy cię pocałuję następnym razem, będziesz panią Runefelt. Na zawsze.

Maja miała nadzieję, że to się spełni. Przecież on sam kiedyś powiedział w żartach, że do trzech razy sztuka. Oby miał rację...

Sprowadził ją na dół po schodach, przeszli przez korytarz, wyszli na dwór. Dumny jak paw prowadził ją ku altanie. Tam czekał ksiądz. Nie protestował przeciwko udzielaniu ślubu w altanie. Jego wynagrodzenie zresztą uciszało wszelkie protesty.

Czekała tam cała służba. I Ailo.

Maja wzdrygnęła się lekko na jego widok. Ubrany był niczym dworzanin króla, a na twarzy miał maskę.

– Lepiej się tak czuje, gdy jest wśród ludzi – wytłumaczył jej William cicho.

Maja uznała jego rację. Cieszyła się, że Ailo w ogóle jest tu z nią. Miał być świadkiem razem z kucharką, która niemal płakała, przepełniona wzruszeniem z powodu wagi swej misji.

Maja uśmiechnęła się do brata przez mgłę łez, wchodząc do altany. Usłyszała, że świadkowie wchodzą za nimi. Na tle okna bez witraży stał ksiądz i czekał na nich z Biblią w rękach.

Wszystko stało się jak we śnie. Promienie słońca, wpadając przez kolorowe szybki, rzucały na wszystko błyski tysiąca kolorów.

Zanim się zdążyła zorientować, zanim poczuła, jak to jest, stała się żoną innego mężczyzny.

Maria Runefelt.

Maja-Maria dla Williama.

Ailo podał coś Williamowi.

Były to dwa pierścionki.

Na palec jej lewej ręki William wsunął pierścionek ze złotym ptaszkiem.

– To dlatego, że jesteś wolnym ptakiem mego serca – rzekł z uśmiechem.

Na palec prawej dłoni wsunął pierścień z herbem rodziny.

– Dlatego, że jesteś teraz jedną z Runefeltów.

Pocałował ją ku zadowoleniu zebranych, którzy klaskali i gwizdali.

Mieli wątpliwości co do wybranki Williama, ale stracili je, widząc, jak bardzo jest w niej zakochany. W każdym razie było to małżeństwo z miłości. Maja nadeszła znikąd i zdobyła serce księcia Tornedalen. Jak w bajce.

Wychodzili właśnie z altany, gdy dojrzeli niespodziewanego gościa schodzącego ze schodów domu. Oczywiście nie znalazł nikogo w przystrojonym korytarzu.

Maja stanęła jak wryta, ale ramię Williama poprowadziło ją dalej. Reszta zebranych pozostała w pełnej szacunku odległości od władczego Marcusa Runefelta.

Stanął w połowie schodów. William z Mają zatrzymali się na dole.

Starszy pan zlustrował ich zimnym spojrzeniem.

– O co tu chodzi? – spytał.

– Właśnie się ożeniłem – odpowiedział William.

– Z nią? Wdową po Heino Aalto?

William potwierdził.

Wtedy ojciec wybuchnął:

– Jak mój syn może być aż tak głupi? Przecież ona robi to dla tego przeklętego lasu. Mogłeś zabawiać się z nią ile chciałeś, nawet nie spojrzałbym w waszym kierunku. Ona jest z tych, które bierze się do łóżka, a nie z którymi się żeni!

– Ja właśnie to uczyniłem – odpowiedział William, ściągając nieznacznie brwi. – Ona jest teraz moją małżonką, bądź więc łaskaw, ojcze, dobierać właściwe słowa. Nie chcę słyszeć nic obraźliwego. To ją wybrałem, czy ci się to podoba, czy nie.

– Możesz być całkowicie pewien, że mi się to nie podoba!

Marcus Runefelt obrzucił Maję pogardliwym spojrzeniem.

– Przecież ona nawet nie jest ładna. Nie ma żadnego uroku. Co ty w niej widzisz?

– Kocham ją – odpowiedział William, obejmując Maję. – Wybrałem na żonę. Ona będzie matką moich dzieci, a twoich wnuków...

– Boże broń! A może ona już jest w ciąży? Może dlatego tak ci się spieszyło? Jej mąż nawet nie ostygł w grobie. A może to ona sama podpaliła...

– I to ty mówisz! – Maja nie mogła już dłużej tylko słuchać. – Heino nie żyje. Nie ma z tym nic wspólnego. Zostaw go w spokoju!

– Dlaczego przyjechałeś? – spytał William.

Marcus Runefelt rzucił na schody jedwabną sakiewkę.

– Zapłacić jej. Nie lubię być winny komuś pieniądze. – Spojrzał na syna. – No i z twojego powodu. Szukają cię. Pytali mnie o ciebie. Wygląda na to, że jeden z twoich przyjaciół jest w więzieniu. Tak bardzo mu się tam nie podoba, że zaczął mówić...

– Kto to? – spytał pobladły William.

– Jeden z panów Österlund – odparł ojciec. – Nie rozumiem, dlaczego ich wybraliście. Nie robiliście żadnej selekcji?

– Popełnialiśmy błędy – przyznał William. – Czy sytuacja jest poważna?

– Zagroziłeś mojemu stanowisku – odpowiedział. – Zmuszony jestem złożyć dymisję. Poradzili mi, żebym raczej skoncentrował się na handlu. Że przyniesie mi to większą chwałę niż czyny syna.

– Zrobisz tak?

– Oczywiście. Zawsze wiedziałeś, Williamie, że nasze

nazwisko jest dla mnie najważniejsze. – Długo patrzył na syna. – Dziś wieczorem odchodzi statek z Uleåborg. Francja ma dobre układy z naszym królem, ale mamy jeszcze krewnych w Niemczech. Ta sprawa pójdzie w zapomnienie. Za parę lat będziesz mógł powrócić – w chwale.

Marcus Runefelt odszedł bez dalszych słów.

William podniósł sakiewkę. Wziął Maję za rękę i poszli do biblioteki. Tylko Ailo podążył za nimi.

– To się nazywa zdradą stanu – powiedział William. Poczuł zimny uścisk na sercu. – Ojciec nie zrezygnowałby zbyt łatwo ze stanowiska. Sprawa musi być poważna.

Maja nie mogła usiedzieć. Ujrzała odbijającą od brzegu łódź teścia.

Miała powody, by go nie lubić, ale przynajmniej wiedziała, że on kocha Williama. To była jego słabość.

– Steffen nie utrzyma tajemnicy. Że też akurat musieli go wziąć! Wyśpiewa wszystko jak skowronek na wiosnę!

– Musisz jechać – stwierdziła Maja. Odwróciła się z szelestem sukni. – Tu chodzi o twoje życie, Williamie. Nie wiem, czy zdajesz sobie z tego sprawę. Ja dopiero co straciłam męża. Nie chcę zaraz stracić następnego. Popłyniesz tym statkiem. Popłyniesz do Niemiec i pozostaniesz tam, póki nie będziesz mógł bezpiecznie powrócić. Szwedzki król zajmie się pewnie wkrótce nową wojną i zapomni o tej sprawie.

– Pojedziesz ze mną!

Maja potrząsnęła głową.

– Mnie nie oskarżą o zdradę stanu – odparła. – To ciebie szukają, może i Ailo. Wy musicie pojechać. Ja zostanę.

– Nie mogę cię opuścić!

– Przecież wszystko uporządkowałeś – tłumaczyła Maja. – Wzięliśmy ślub. Jestem twoją żoną. Dobrze mi na tej wyspie. Niemcy... to byłoby dla mnie zbyt trudne. Będę na ciebie tu czekała. Bezpieczna. Będę opiekować się tym miejscem, które przecież oboje kochamy.

Wiedział, że jej nie przekona, gdy powzięła decyzję.

– Ale przedtem uczcimy nasz ślub – stwierdziła stanowczo, biorąc go pod ramię. – Wszyscy tak się starali, żeby przygotować wesele. Powinniśmy to docenić.

William uśmiechnął się sztywno. Wiedział przecież, że ona jest inna niż wszystkie.

W swoją noc poślubną Maja była sama w domu. Sama ze służbą.

Jej nowo poślubiony małżonek odpłynął po południu, prosto w zachodzące słońce. On i Ailo uciekali przed czymś, co oznaczało więzienie, a w najgorszym razie śmierć.

Byli w drodze do Niemiec.

William kochał się z nią rozpaczliwie przed odjazdem. Płakał na jej piersiach.

Poprosił, żeby nazwała syna po nim. Żeby nadała mu trzy imiona, z których jedno musiało być czysto fińskie.

Maja zaśmiała się. Powiedziała, że poczeka z dziećmi, aż on wróci.

Powiedział, że ją kocha. A ona znów nie mogła odpowiedzieć mu tym samym.

To też pewnie poczeka do jego powrotu.

W duszy Mai nadal tkwiło wiele zesztywniałych uczuć.

Była teraz Marią Runefelt. I czuła się przeraźliwie samotna.

Rozdział 15

Lato powoli mijało. Kwiaty w ogrodzie zwiędły, płatki róż opadły. Maja suszyła z nich bukiety, pragnąc zachować coś z lata na długą zimę. Ogród zmieniał szatę. Drzewa założyły jesienne płaszcze. Płonęły kolorami ku coraz bardziej mroźnemu niebu, aż pozostały z nich nagie gałęzie.

William i Ailo dotarli do Niemiec, do Gottorp. Tam mieszkali krewni Williama. Stamtąd pochodził też zresztą następca tronu Szwecji.

Szwedzi po zawarciu pokoju z Rosją w Åbo poddali się presji carycy Elżbiety i następcą tronu po Fryderyku I uczynili księcia biskupa Adolfa Fryderyka z Lubeki. Pod panowanie carycy dostała się większa część Finlandii. Caryca uważała, że postąpiła mądrze. Biskup ów był opiekunem prawnym jej siostrzeńca, księcia Karola Piotra Ulryka, którego Elżbieta widziała jako następcę tronu w Rosji. Chciała wszystko zachować w rodzinie.

Runefeltowie pozostawali w dobrych stosunkach z domem Holstein-Gottorp. William pisał w liście do Mai, że liczy na to, że będzie mógł powrócić do domu, gdy Adolf Fryderyk zostanie królem Szwecji. Nic nie wspominał o swoim marzeniu. O wolnej Finlandii.

Maja kupiła krosna. Pocięła na pasy starą pościel i prawie pokłóciła się z kucharką, gdy pośrodku ogrodu zaczęła ją farbować liśćmi brzozy i mchem. Żadna z pań Runefelt przecież tak nie robiła!

Dni szybciej jej mijały, gdy spędzała je przy krosnach. Pocięła sukienki po poprzednich przyjaciółkach Williama. Cieszyła ją myśl, że ich właścicielki nigdy by ich już nie rozpoznały. Ale nie nazywała tego zazdrością.

Tęskniła za Williamem i Ailo. Tylko oni jej pozostali. Nie miała żadnej wiadomości od Marji i Kariego. Dobrze wiedziała, że rozniosły się o niej plotki. O wdowie, która złapała złotego ptaka.

Maja wysłała pieniądze Tuuli, która opiekowała się nią po pożarze, Josefowi, który ją uratował, i chłopakom, którzy wynieśli ciało Heino.

Od nich też nie miała żadnych wieści.

Widywała tylko doktora Bergforsa. Odwiedzał ją regularnie. Poprosił, żeby mówiła do niego Clas.

Maja nie wiedziała, czy Marcus Runefelt wie o tych wizytach. Ale nie pytała lekarza, czy wspomina o nich swemu pracodawcy.

Nawiązali nić przyjaźni.

W środku jesieni poczuła, że ogarnia ją owa niezwykła moc.

Niespokojna poszła do altany. Było tam teraz zimno, zwłaszcza gdy wiatry wiały prosto z Rosji.

Maja usiadła przy oknie. Patrzyła przed siebie niewidzącym wzrokiem. Wiedziała, że musi stawić czoło temu czemuś czy komuś, kto wkradał się w jej umysł i duszę.

Zniknęła dla siebie. Zniknęła dla świata. Weszła w inną rzeczywistość. Było tam tak ładnie. Widziała zielone łąki, niebieskie jeziora, których gładką powierzchnię poruszały tylko polujące ryby. Powietrze przepełnione było śpiewem ptaków. Napotykała uśmiechniętych, szczęśliwych ludzi.

Czyżby to był raj Ailo? Jego Saivo?

Szukała pomiędzy tymi ludźmi tego, kto jej szukał. Ale wszyscy kręcili głowami: nie, tu nikt nie szuka kobiety. Był za to jakiś obcy, który chyba umiał wiele, gdyż pomagały mu najlepsze zwierzęta z ich świata. Ale on nie szukał kobiety. Szukał mężczyzny ze swojego narodu.

Ailo.

Ktoś szukał Ailo!

Ktoś, komu udało się uzyskać pomoc najlepszych zwierząt ich świata? Kim był ten, komu użyczyły mocy renifer, ptak i ryba?

Boże, któż skłonił szamana do szukania Ailo? Maja wycofała się. Nie umiała się przeciwstawić świętym zwierzętom Saivo.

Miała tylko swoją moc. Nic innego. I użyła jej, aby odciągnąć szukającego od Ailo. Wysnuła zasłonę nierzeczywistości nad drogami Ailo. Wzniosła przeszkody, jakie tylko mogła. Ailo nie chciał, żeby ktokolwiek się o nim dowiedział.

Ale nie pomyślał, że ktoś użyje magii, aby go odnaleźć.

Maja sama musiała przeciwstawić się komuś, kto miał wiedzę.

To było coś innego niż zatrzymanie krwotoku czy zaleczenie rany.

Siedziała w oknie altany i walczyła o swego brata. Wiedziała, że prawdopodobnie czyni to wbrew woli Idy i może Reijo.

Chwilami słabła. Słyszała wtedy śmiech Roto, odgłos końskich kopyt. Nie umiała ukryć wszystkiego. O tym on się dowie. O roli Roto. Nie potrafiła też ukryć ognia...

Była słabsza.

Odnalazł ją parobek. Siedziała niczym umarła z czołem wspartym o krawędź okna. Szeroko otwarte oczy wpatrywały się niewidzącym wzrokiem w ląd.

Przestraszony, wziął ją na ręce i zaniósł do domu. Był pewien, że pani nie żyje. Kula strachu rosła mu w gardle.

Kucharka zbadała jej puls.

– Żyje – stwierdziła szorstko, ale w duszy się bała. Polubiła tę żonę Williama. Może nie okazywała tego na co dzień, ale lubiła ją. – No i przydałby się tu ten zarozumiały lekarz. Gdy potrzeba, nigdy go nie ma.

Trzech mężczyzn zaofiarowało się, że popłyną po niego. W końcu chodziło o żonę pana.

Zaniesiono ją do jej pokoju. Kucharka rozebrała ją i dobrze otuliła kołdrą. Nie rozumiała, dlaczego pani miała tak zimną i wilgotną skórę. Zupełnie jakby była nieżywa. Nie rozumiała jej powolnego pulsu. Był dziwny i przerażający. W ciągu swego życia widziała i przeżyła niejedno. Ale nigdy coś takiego. Nigdy.

Clas Bergfors przybył rano. W nocy była taka burza, że łódź z Hailuoto z trudnością dotarła do Tornio. Nie mogli wrócić od razu. Musieli poczekać.

– Ona leży niczym nieżywa, doktorze – powiedziała pobladła kucharka. – Nie rozumiem tego. Chyba doktor też nie, ale proszę ją ratować!

Tego dnia Bergfors zrobił dużo nowych notatek. Siedział u Mai długo. Wreszcie jej skóra odzyskała naturalną barwę, a ciało zwykłą temperaturę. Wreszcie się obudziła.

– Co tu robisz? – spytała.
– Co pamiętasz? Jak się czujesz?

- Cała sztywna - odrzekła. Nagle podciągnęła kołdrę pod samą szyję. Zbladła. - Poszłam do altany - powiedziała powoli.

- Tam cię znaleziono.

- To była jakby daleka podróż, Clas. Jestem bardzo zmęczona. Jakbym walczyła. Dawno tego nie robiłam. Od czasów dzieciństwa, gdy rzucałam się z pięściami i pazurami na Elise. Ale tak właśnie się czuję... - Spojrzała na niego poważnie. - Znów odeszłam, prawda?

Pokiwał głową.

- Na pół doby, Maju. Chciałbym wiedzieć, co przeżyłaś. Pamiętasz coś?

- Ktoś szukał Ailo...

- Tak, wołałaś jego imię. I coś jeszcze, nie wiem, czy dobrze zrozumiałem: roto?

- Roto jest lapońskim bogiem śmierci i choroby - wyjaśniła Maja zmęczonym głosem.

- Jesteś opętana przez demony?

- Nie wiem - westchnęła. - A co ty na to? Jesteś przecież lekarzem. Czy tak wyglądam?

Pokręcił głową.

- Zbadaj mnie! - poprosiła. - Może coś mi jest? Nie zniosę tego dłużej! To mnie zabije. Nie chcę tak żyć, Clas! Mogłabym się obejść bez tego dziedzictwa.

- Dziedzictwa? - spytał, chętny nowych szczegółów.

Maja nie chciała mu tłumaczyć.

- Po prostu mnie zbadaj!

Nie znalazł nic, co by mógł dodać do swoich notatek. Jednak z uwagą przetarł monokl.

- Powinnaś żyć teraz nieco spokojniej, Maju - powiedział, odchrząknąwszy.

- Ja żyję spokojnie. Całe moje życie jest jednym wielkim spokojem. Nie można żyć bardziej spokojnie...

– O ile się nie mylę, Mario – stwierdził uroczyście – oczekujesz dziecka.

– Niemożliwe – wyrwało się jej. – Ja nie mogę mieć dzieci.

– Wiesz to na pewno?

– No, nie... – przyznała. – Ale urodziłam martwe dziecko. Straciłam je.

– Tym bardziej powinnaś się teraz uspokoić. Jestem niemal pewien, że jesteś w drugim, trzecim miesiącu ciąży, Maju. William się na pewno ucieszy.

Maja wzdrygnęła się. Ona nie mogła odważyć się na radość.

Nie tak dawno przecież mówiła o sobie: matka martwych dzieci.

Jeżeli teraz nawet rosło w jej łonie małe dziecko, nie mogła mieć pewności, że przeżyje. Nie mogła w to wierzyć.

Nie sądziła, że kiedykolwiek usłyszy słowo: mamo.

Minęła zima. Nastała wiosna. Maja w żadnym liście do Williama nie wspomniała mu o ciąży.

Bała się nawet myśleć o tym ze zbytnią radością. Bała się, że jakieś moce pozazdroszczą jej tego zamkniętego w niej szczęścia i odbiorą je. Nie odważyła się mówić o dziecku. Nie odważyła się powiedzieć nikomu, jak bardzo się na nie cieszy.

Nie mogła zdobyć się, by prowadzić inny tryb życia niż dotychczas. Wszystko szło jak zwykle.

Była to łatwa ciąża, nic jej nie dokuczało. Późno zaczęła być widoczna. Maja nie była specjalnie gruba nawet pod koniec ciąży.

Martwiła się tylko kucharka.

– Nigdy nie widziałam dziwaczniejszej kobiety. Zachowuje się tak, jakby udawała, że nie jest w ciąży! To nie może się dobrze skończyć. Tak jakby ona nie wiedziała, co się będzie działo!

I to kucharka posłała po Bergforsa. Obliczyła według swoich wiadomości, kiedy powinno nastąpić rozwiązanie. Przysięgła sobie, że dziecko panicza Williama nie będzie odbierane tylko przez służbę!

Był ktoś, kto długo podróżował i pytał o nią w całej Tornedalen. Znalazł grób Erkkiego Alatalo. Znalazł i grób Heino Aalto. Rozmawiał z ludźmi, którzy przekazali mu opowieść tak niezwykłą, że aż przypominała baśń.

Wysłali go do gospodarstwa, gdzie mieszkała Marja Kivijärvi z synem Karim.

Zdziwił ich gość z Norwegii. Ledwo mu uwierzyli, gdy przedstawił się jako zięć Marji. Szwagier Kariego. Reijo szukał Mai i Ailo.

Opowiedzieli mu tę samą historię.

Marja dodała tylko, że Ailo był u Mai w zeszłym roku.

Kari opowiedział o zakazanym marzeniu. O statku załadowanym prochem.

– Ale ona powiedziała, że jej brat przeżył.

Nadzieja obudziła się w Reijo. Może jednak jego podróż nie będzie nadaremna.

Podjął ją pod wpływem impulsu, gdy opowiedziano mu, że szaman napotkał opór jakiejś osoby chroniącej Ailo.

Nikt inny nie miał mocy, która potrafiłaby przeciwstawić się szamanowi oprócz Mai.

Ruszył w stronę Zatoki Botnickiej.

Zewsząd dochodziły go słuchy o kobiecie, która przybyła z Norwegii i która potrafiła uśmierzać cierpienia konających. Opiekowała się Heino, była najlepszą żoną. Dumnie wyprostowana, sprzeciwiła się najmożniejszemu panu Tornedalen. I o pożarze, który pochłonął Heino. I prawie ją. A w tydzień po pogrzebie Heino wyszła za mąż za syna tegoż władcy Tornedalen. Niedługo potem stracił on łaski króla. Mówili, że to przez nią...

Marja i Kari starali się nie zdradzać Reijo swoich sądów. On jednak wyczuł, że nie pochwalali jej postępku.

On też jej nie rozumiał. Ale pojechał na południe. Do Tornio.

Ujrzał pałac pana Runefelta.

Wtedy rozumiał jeszcze mniej. Jego Maja – w takim otoczeniu? Wyczuł, że nie mógł o nią tu pytać. Odprawiliby go.

Ale Kari mówił coś o wyspie na zachód od Oulu.

Reijo spytał o nią w porcie.

Był tam krępy mężczyzna, ubrany z pańska, ze szkłem w jednym oku. Usłyszał, jak Reijo rozmawia z marynarzem.

– Kim jesteś? – spytał. – Usłyszałem, że pytasz o Marię. Dlaczego jej szukasz?

– Jestem jej przybranym ojcem – odpowiedział Reijo. Ubrany był w swe najlepsze ubranie, ale czuł się biednie przy tym mężczyźnie. Ku swemu zdziwieniu ten przywołał go gestem dłoni.

– Masz szczęście. Właśnie tam płynę. Jestem jej lekarzem.

– Jest chora?

Mężczyzna wszedł na statek, Reijo za nim. Ze sobą miał tylko worek.

– Ma rodzić.

Reijo aż westchnął.

– Clas Bergfors – przedstawił się lekarz i wyciągnął dłoń do Reijo. Reijo uścisnął ją, mówiąc swoje nazwisko. Uczucie uniżoności gdzieś zniknęło, gdy już porozmawiał z medykiem.

– Nie przesłała ci żadnej wiadomości? – spytał Bergfors.

Reijo potrząsnął głową.

– Dopiero tutaj dowiedziałem się o Heino. O jej nowym zamążpójściu. Nie mogłem w to uwierzyć...

Bergfors uśmiechnął się.

– To taka kobieta. Zawsze zaskakuje. Jej mąż musiał opuścić kraj. Jest w niełasce króla Fryderyka Pierwszego.

Reijo przełknął ślinę. Nigdy nie spotkał nikogo stojącego blisko króla. A teraz jego Maja była w coś zamieszana.

– A co z jej bratem?

Lekarz nagle musiał wytrzeć monokl.

– Brat Mai też tam był, prawda? Rozmawiałem o tym z ludźmi. Co się z nim stało?

– O to musisz sam ją zapytać – odpowiedział Bergfors ostrożnie.

Maja od dawna czuła skurcze. Odgoniła jednak służące, które na polecenie kucharki przyszły się dowiedzieć, jak się czuje.

Cały dom odetchnął z ulgą, gdy Bergfors stanął w drzwiach.

– Kim on jest? – spytała natychmiast kucharka, gdy dostrzegła mężczyznę, który przyjechał wraz z lekarzem. Od razu jej się spodobał. Miał może czterdzieści lat i miłe zmarszczki wokół oczu. Mówiła o sobie, że zna się na ludziach.

– Przybrany ojciec pani – odparł Bergfors. – Co u niej?

– Wyrzuciła nas za drzwi – odpowiedziała kucharka szorstko, ale uśmiechnęła się do Reijo. Gdy przywitał się z nią i przedstawił, zdobył sobie jej względy.

Może nie był w stylu Runefeltów, ale wyglądał na dobrego człowieka. Wybaczyła mu nawet to, że przewiesił kurtkę przez balustradę.

– Mężczyźni nie są na nic potrzebni rodzącej kobiecie – zawołała za nimi, gdy Reijo poszedł za lekarzem.

– Ona jest moją córką – odparł Reijo. – A ja już wcześniej odbierałem dzieci. U nas wszyscy towarzyszą rodzącej. Nie mamy tylu pokoi...

Gwałtownie wszedł w inną rzeczywistość. W domu, w ścianie sauny ukrył swoje złoto, ale nie kupiłby za nie nawet części tego dobrobytu.

To był stary majątek. Zbudowany w pocie czoła. Ale nie tych, którzy tu mieszkali.

Trochę go bolała świadomość, że Maja weszła w takie życie. Na pewno było jej tu dobrze, ale mimo to był to cios w jego serce.

Maja uniosła się z posłania na widok otwierających się drzwi. Na ustach miała już przekleństwo, gdy nagle oczy jej rozszerzyły się w zdumieniu. Patrzyła i patrzyła, i po raz pierwszy nie mogła nic powiedzieć.

Wtedy objęły ją ramiona Reijo. Wbiła twarz w jego szyję i poczuła jego zapach, zapach domu...

– Wydawało mi się, że słyszę twój głos – wyszeptała – ale sądziłam, że wyobraźnia mnie zawodzi...

Pocałował ją w oba policzki. Puścił ją, spojrzał uważnie i potrząsnął głową.

– Nigdy nie sądziłem, że znajdziesz się w takim miejscu, dziecko...

Skrzywiła się.

– Ja też nie. Też nie. Ale los mnie tu przywiódł. Może jest w tym jakiś sens...

Zamilkła pod wpływem nowego skurczu.

– Czy mogę? – spytał Bergfors. – Wydaje mi się, że mały Runefelt chce się wydostać na ten świat.

Przez następne godziny Reijo był tylko obserwatorem. Świadkiem cudu narodzin. Dawał Mai siłę, gdy tego potrzebowała. Pozostał z nią przez cały czas.

Poród był lekki. Nie bardziej bolesny niż mogła to znieść, mimo że klęła siarczyście. Gdy Bergfors zaprotestował, mówiąc, że to nie wypada, by mały Runefelt rodził się przy takim akompaniamencie, przeszła na lapoński.

Reijo śmiał się z jej uporu. W tym całym obcym otoczeniu Maja nadal była tą Mają, jaką znał. Jego Mają.

Chłopiec zaczął krzyczeć po nabraniu pierwszego oddechu. Sinawy i pomarszczony, wywijał piąstkami i kopał, aż udało im się obmyć go i owinąć w kocyk. Położono go w ramionach matki.

Maja była oszołomiona.

Dopiero teraz mogła w to uwierzyć. Była spocona, obolała, ale niezwykle szczęśliwa.

Ostrożnie przesunęła palcem po pomarszczonej twarzy synka. Mała rączka schwyciła go mocno. Gardło Mai ścisnęło się, oczy wypełniły łzy.

Reijo usiadł na krawędzi łóżka i pogładził jasny puch na głowie dziecka.

– Jego ojciec pewnie jest blondynem – stwierdził z uśmiechem.

Maja pokiwała głową.

– To mały William – powiedziała wzruszona. Widziała rysy twarzy Williama w małej twarzyczce.

- W tym roku zostałem dziadkiem trojga wnucząt - oznajmił Reijo. Potrząsnął głową. - Chyba się starzeję...

- Trojga? - zdziwiła się Maja, próbując przystawić małego do piersi.

- Ida urodziła dwoje w zeszłym miesiącu. Małą Raiję i małego Mikkala.

- Gdyby Ailo mógł to wiedzieć... - powiedziała Maja cicho. Patrzyła na synka. Czuła, jak jego usta zaciskają się na brodawce piersi i próbują ssać.

Jej szczęście było ogromne. Przepełniało ją całą.

- Ailo nie żyje - rzekła wreszcie. - Przyjechał tu. Został ciężko poparzony. Próbowali ukraść proch z królewskiego statku. Nie sądziliśmy, że przeżyje. Ale udało mu się. Jednak potem się pogorszyło. Często tak się zdarza. Ailo umarł tego lata, Reijo. Boli mnie to bardzo. Także z powodu Idy. Ale ona jest młoda. Zawsze jeszcze kogoś znajdzie.

- Dlaczego nic o tym nie wiedzieliśmy? - spytał Reijo. Nie chciał jej teraz naciskać, ale nie mógł nie wiedzieć.

- On nie chciał, żebyście się dowiedzieli - odparła Maja. - Nie chciał.

Reijo uznał to.

- Nie będę cię teraz męczył, Maju - pogładził ją po policzku. - Jesteś piękną matką, moja mała. Zawsze wiedziałem, że nią kiedyś będziesz. A on jest świetnym malcem.

Maja pokiwała głową.

- Masz dla niego imię?

Uśmiechnęła się.

- Żebyś wiedział! Nawet trzy, może za mocne jak na tak małego mężczyznę. Będzie nazywał się William Henrik Reijo.

Reijo aż zamrugał.

– Moje imię? Moje pośród tych wspaniałych?

– William chciał, żeby syn miał trzy imiona. Jego i jakieś fińskie. I jedno, które sama wybiorę. Nie mogłam go przecież nazwać Heino, prawda? Ale może być Henrik.

I tak też mały się nazywał. William Henrik Reijo Runefelt. Kiedyś otrzyma tytuł barona.

Reijo pozostał cały tydzień. Dłużej nie mógł. Cieszył się, że zobaczył Maję, że z nią porozmawiał. Ujrzał, jak dobrze zrobiło jej macierzyństwo.

W wieczór poprzedzający wyjazd Reijo spytał córkę, czy jest szczęśliwa.

Jej twarz nagle zrobiła się pusta.

– Czy jesteś szczęśliwa ze swoim mężem?

– On jest moim przyjacielem – odpowiedziała. – To znaczy teraz dla mnie tyle, co wielkie uczucia. I daje mi takie poczucie bezpieczeństwa, jak nikt inny dotąd.

Nie takiej odpowiedzi oczekiwał.

Ściągnęła pierścionek z wyrzeźbionym ptakiem.

– Daj go Idzie – powiedziała. – To Ailo go zrobił.

Przyjął go. Nadal miał wiele pytań, na które nie dostał odpowiedzi. Ale nawet wolał, żeby tak było. Dawało mu to nadal nadzieję. Reijo dobrze znał Maję. Czuł, że skłamała.

Ale uznał jej tłumaczenie. Powtórzy je Idzie. Może to miało sens.

– Przekaż Idzie, niech nie pozwoli, żeby to złamało jej życie. Ailo by tego nie chciał.

Reijo pokiwał głową.

– Ona musi być szczęśliwa. Ten pierścionek jest podarunkiem od Ailo – dla niej.

Reijo wyruszył do domu.

Maja napisała list do męża i brata. Prosiła męża o wybaczenie, że nie zdradziła wcześniej wiadomości o dziecku. Napisała też, że skłamała dla Ailo. Teraz wszystkie drzwi miał zamknięte.

I obaj zostali ojcami.

Zaczął się nowy czas.

Epilog

W roku tysiąc siedemset pięćdziesiątym pierwszym Adolf Fryderyk wstąpił na tron szwedzki.

Władza absolutna ustąpiła wraz z poprzednim królem. Obecnie krajem rządziły cztery stany.

Adolf Fryderyk, wstępując na tron, musiał złożyć przysięgę, że będzie działał zgodnie z postanowieniami szlachty, duchowieństwa, mieszczan i chłopów.

Przez trzy lata William Samuli Hugo Runefelt i Ailo Mikkelsen przebywali w Niemczech.

Teraz mogli wrócić do domu.

Brakuje Ci któregoś tomu?

Sagi
Raija ze śnieżnej krainy

Zadzwoń na infolinię
i zamów już dziś

INFOLINIA
022 358 62 06
(od pon. do pt. w godz. 8-17)

lub pod adresem internetowym
www.kiosk.redakcja.pl

Fakt kolekcja

Do tej pory ukazały się:

1. Obcy ptak
2. Podcięte skrzydła
3. Tam, gdzie tańczą huldry...
4. Oblubienica wójta
5. Dom nad morzem
6. Wolność w okowach
7. Statek ze wschodu
8. Czarownica
9. Bez korzeni
10. Wyroki losu
11. Pod obcym niebem
12. Dzika róża
13. Dziedzictwo
14. Cienie przeszłości
15. Ślad na pustkowiu
16. Niszczący płomień
17. Przerwany lot
18. Posłaniec śmierci

Wysyłka paczki zawierającej więcej niż trzy tomy GRATIS!

OFERTA PRENUMERATY

Saga **Raija ze śnieżnej krainy**

Pierwszy tom gratis • Pozostałe 10% taniej
Prezent o wartości ponad 40 zł gwarantowany.

Pocztą: INFOR PL Spółka Akcyjna, ul. Okólna 40, 05–270 Marki

Faksem: 022 761 31 33
Wyślij kupon zamówienia na wymieniony wyżej numer

Telefonicznie: 022 761 32 33
Czynny pon.-pt. w godz. 8-16

Przez internet: www.kiosk.redakcja.pl

Zasady wysyłki: Wysyłka raz na pięć tygodni w pakietach po 5 tomów w jednej paczce. Koszt zakupu pierwszej przesyłki 35 zł. Siedem pozostałych 44,50 zł. Prezent dołączony do ostatniej przesyłki. Koszty wysyłki pokrywa wydawca.

KARTA ZAMÓWIENIA — Fakt kolekcja — Saga **Raija ze śnieżnej krainy**

Zamawiam prenumeratę 40 tomów (od 1 do 40) Sagi „Ralja ze śnieżnej krainy".

imię .... nazwisko ....

ulica .... nr domu i mieszkania ....

kod □□-□□□ miejscowość ....

☎ telefon □□□-□□□-□□□ nr kier. numer (domowy, służbowy, komórkowy – podkreśl właściwy)

□□-□□-□□□□ data urodzenia .... podpis ....

Wyrażam zgodę na zamieszczenie moich danych osobowych w bazie INFOR PL Spółka Akcyjna, ul. Okopowa 58/72, 01-042 Warszawa, Axel Springer Kontakt Sp. z o.o., 03-301 Warszawa, ul. Jagiellońska 74 oraz Axel Springer Polska Sp. z o.o., 02-672 Warszawa, ul. Domaniewska 52 i wykorzystywanie ich w celach marketingowych (zgodnie z ustawą z dn. 29.08.1997 r. o ochronie danych osobowych, Dz.U.02.101.926 z późn. zm.) z możliwością wglądu do swoich danych oraz prawem ich aktualizowania. **Wyrażam zgodę na otrzymywanie od INFOR PL Spółka Akcyjna, informacji handlowych w rozumieniu ustawy z dn. 18 lipca 2002 r. o świadczeniu usług drogą elektroniczną** (Dz.U. Nr. 144, poz.1204)

TAK □

NIE □ Czytelny podpis osoby pełnoletniej. Jeśli nie ukończyłeś 18 lat, prosimy o podpis rodzica lub opiekuna.

Sprzedającym jest INFOR PL Spółka Akcyjna, ul. Okopowa 58/72, 01-042 Warszawa. Podane dane będą przetwarzane w celach realizacji zamówienia oraz marketingu bezpośredniego własnych produktów i usług. Podanie danych jest dobrowolne. Każdej osobie przysługuje prawo dostępu do treści swoich danych i ich poprawiania.